낮고 낡은 곳에서부터

2023년 가을

김 현숙.

창신동 여자

창신동 여자

최현숙

위즈덤하우스

1

첫날부터 여자의 눈이 먼저 시비를
걸어왔던 거다. 돌이켜볼수록 그랬다.
나중에 여자 눈이 신경 쓰일 일이 자꾸
생기면서, 첫날 이미 걸리적거리는 눈길이
여러 번 있었다는 것과 그중 최고가 대문을
나서면서였다는 게 점점 더 확실해졌다.
대문에서는 당황하기까지 했는데, 그 눈을
길게 생각하기에는 그날 만남 전체가 워낙

강렬했고 대문을 나선 이후 바빴다.

"가서 보시고 못 하겠으면 처음부터 못
하겠다고 하셔요. 계약 처리 다 하고 서비스
들어갔다가 취소하려면 일이 많아지거든요."
　　그날 오전 10시경 과장이 운전하는
센터 승용차가 유턴 신호등을 기다리느라
멈추자, 과장이 말했다. 전날 오전 그녀는
창신동 주민자치센터 사회복지사 양
주임과 사전 방문을 다녀왔다고 했다.
출발하기 전 과장은 얼굴을 찡그리고
혀를 차며 '열악함'이라는 단어를 서너
번 사용하면서 그래도 하겠느냐고 거듭
물었고, 열악한 건 상관없다는 것이 내
일관된 답이었다. 열악해서 확인해대는
사람에게 열악하다니 더 하고 싶은 마음을
설명하기 귀찮아, "네"라고만 답했다. 같이

사는 술주정뱅이 여자가 방문요양 서비스를
아주 싫어하더라는 말도 했다. 전날 저녁
원남동 내 원룸 주소에서 노인 집 주소까지
'도보'로 검색했더니 '27분'이 나왔고, 길
찾기를 위해 내가 기준 삼은 곳이 동대문역
3번 출구였다. 출구 방향 그대로 직진하다
왼쪽으로 꺾어지는 차 들어가는 첫 골목으로
진입해 금방 다시 왼쪽으로 꺾으면, 바로
그 주소였다. 차로 이동하니 동대문을 지나
동묘역 쪽으로 조금 가다가 사거리 바로 전에
유턴해야 했고, 집 근처 모퉁이에는 오래된
구멍가게가 있었다.

　　낡은 한옥 집이었다. 집 근처에 차를
세우고 채 닫히지 않은 대문을 밀고 들어섰다.
전에는 부잣집까지는 아니어도 꽤 형식을
갖춘 한옥이었는지 대문턱 안에서 턱 하나를
더 넘어야 마당이 나오고, 대문턱과 턱

사이에 잡동사니들이 쌓여 있는 창고 공간이 양쪽으로 있으며, 콘크리트로 처리된 마당도 네모반듯하고 꽤 넓다. 말하자면 터는 좋고 집은 아주 낡았다. 대문을 들어설 때부터, 마당 건너 대문과 마주한 방문을 열어놓고 문 쪽에는 여자가 안쪽에는 남자가 앉아 둘 다 이쪽을 빤히 쳐다보았다. 6미터 정도를 걸어가는 동안 앉은 자세로도 거구임이 분명한 흑갈색 얼굴 노인이 헤픈 웃음을 흘렸고, 작고 마른 여자는 못마땅한 표정을 지으며 일어나 방 안쪽으로 사라졌다. 방 외벽에 붙어 콘크리트 계단이 있고, 그 위에 빨래가 널려 있고 장독들이 몇 개 보였다. 내가 앞서 걷고 박 과장이 뒤따랐다. 다가갈수록 지린내와 구린내가 심해졌다.

"지명수 어르신이시지요? 저는 어르신 돌보러 온 한정희 요양보호사예요. 반가워요."

남자를 향해 인사하며 안쪽 여자와도
눈을 맞췄다. 편한 아줌마 얼굴을 만드느라
웃음을 바르고 눈에 힘도 뺐다. 여자는
짜증스러운 표정으로 마주 보며, 좀 더
안쪽으로 몸을 밀어 넣었다. 그릇들 네댓 개와
빈 소주병 하나가 놓인 둥근 양은 쟁반이
방 한가운데를 차지하고 있어, 들어가 앉을
자리가 없었다.

"아유, 죄송해요. 식사 중이셨나 봐요."

"다 먹었어요. 이년아, 얼른 이거 좀 내다
놔."

"이 빙신이 어따 대고 아침부터 욕을 하고
지랄이야."

나는 계속 미소를 붙이고 있었고, 여자는
꿈쩍을 안 했다.

"잠깐 들어가도 되지요?"

내가 신발을 벗자 명수가 앉은 채로

꿈질꿈질 뒤로 물러났다. 허리를 숙여
손으로 쟁반을 한쪽으로 밀어놓고, 둘의
얼굴이 다 보이는 방향으로 바닥에 앉았다.
심란한 표정으로 방문에서 떨어져 서 있는
박 과장을 위해 "과장님 들어오실 자리는
없네요"라고 챙겨주었다. 가로 2.5미터
세로 4미터 정도의 방. 방문과 마주 보는 벽
위쪽에 사방 30센티미터 정도의 창이 있기는
한데, 어느 겨울에 막아놓았을 낡은 비닐이
6월에도 그대로다. 2단짜리 서랍장과 그 위의
텔레비전, 선풍기와 전기밥솥이 세간살이라
할 것의 전부였고 모두 낡았다. 커다란 박스가
여러 개 있는 걸로 보아 당장 쓰지 않는
이불과 옷들을 그 안에 두고 사는가 보다.
나도 그러고 산다. 벽에는 옷들이 겹겹이
걸려 있고, 검은색, 푸른색, 분홍색, 투명 등
크고 작은 비닐봉지들이 벽과 서랍장에 박힌

못들에 걸려 있고, 마주 보이는 천장 모서리 사이에 빨랫줄 하나가 걸려 있고, 방바닥에는 검은 비닐봉지 하나와 두루마리 휴지 반통이 널브러져 있다.

"아줌마는 몇 살 먹었어요?"

뜬금없는 질문이 반가웠다. 발음이 꼬인 여자를 향해 다시 웃음을 보이는데, 술 냄새가 훅 풍겼다. 불그레한 눈. 눈매와 눈빛에 날이 서 있다. 아줌마의 용도에 대해서는 미리 양 주임에게 들었을 거다.

"69년 닭띠예요."

"그래요? 나보다 두 살 아래네 뭐."

심하진 않지만 호남 말투가 묻어 있고, 나보다 네댓 살은 아래로 보였다.

"아유, 그럼 제가 언니라고 부르면 되겠네요. 근데 언니는 고향이 어디예요? 저는 전라도 군산인데, 그쪽 말투가 좀 있는 거

같아서요."

"그래요? 나는 이리예요, 이리, 익산. 군산
바로 옆이야."

여자는 쉽게 낚였다. 표정도 말투도 한결
부드러워지면서 앉은걸음으로 내 쪽으로
다가왔다.

"어머, 같은 전라도네요. 너무 반가워요."

여자의 손 하나를 가볍게 잡았다.
움찔했고, 빼지 않았다. 차디찬 살갗 밑으로
뼈마디가 고스란히 느껴졌다.

"같은 전라북도지. 나는 지연이에요,
김지연."

박 과장도 됐다 싶었는지 가방에서
서류를 꺼냈다. 노인장기요양 인정조사서에는
돌봄 대상 노인의 경제 상황, 가족관계,
사회관계, 건강 등에 대한 질문들이 들어
있다. 과장이 서류를 누구에게 줘야 할지

머뭇거리는 동안 여자는 또 뒤쪽으로
물러났다. 명수는 오른쪽 편마비다. 내가
서류를 받고 가방에서 볼펜을 꺼냈고, 바깥에
선 채 같은 서류를 들고 과장이 차례차례
항목을 따라 묻고, 명수와 지연이 말다툼에
욕을 섞어가며 답이라는 걸 하고, 과장이
내용을 발라내 서류상 용어로 간략하게
정리하고, 내가 받아 적었다.

　　지명수, 1946년생, 고향 개성. 뇌경색으로
10여 년 전부터 두 차례 쓰러져서 오른쪽
편마비. 고혈압, 당뇨병, 곧 투석으로
이어질 신부전증, 전립선 비대증, 뇌출혈성
치매 초기. 국민기초수급자, 의료보호 1종,
지체장애 중증, 노인장기요양 2등급. 방
보증금 100만 원에 월세 25만 원. 재개발
철거 예정 지역. 도시가스와 냉방 시설 없음.
난방은 프로판가스, 취사는 휴대용 가스버너.

부엌과 욕실 없음. 마당 귀퉁이에 공용 재래식 화장실.

　박 과장의 질문에 침을 흘리며 어눌한 말투로 답과 넋두리를 섞던 노인이, 가족관계 질문에서 "아주 깨졌다"고 시작하더니 "아들 새끼"를 끌어다 놓고 한바탕 욕을 하다 말고 "에미 년은 20년쯤 전에 바람나서 도망갔다"며 이어가려는데, "이 새끼야, 바람은 니가 났지 그년이 났냐?"라고 지연이 막아서더니 "그 쌍년이 내 돈을 다 떼어먹고 도망쳤다"며 욕을 뺏어갔고, 그 말에 명수는 단박에 우는 얼굴로 바뀌어 "이년이 아주 불쌍한 년"이라며 하염없는 눈길로 지연을 바라보니까, "지랄하고 자빠졌다"며 지연이 명수를 밀어내다 말고 "그년이 이 새끼 돈도 다 들고 날아버리는 바람에 이 새끼가 개털이 돼서 내가 떠맡게 된 거"라며 꽤 복잡할

사연을 간략히 훑었다.

그동안 남자의 콧물과 침이 줄기를
만들어 내려오다가 남자의 앉은 무릎
근처에서 뚝 끊어졌다. 내가 방바닥에
굴러다니는 두루마리 화장지를 들고 두어
바퀴 풀어 남자의 왼손에 건넸다. 남자가
화장지를 받아 큰 소리를 내며 코를 풀고
콧물이 넘친 화장지를 그대로 눈으로
가져갔다. 얼른 화장지를 또 풀어 건네자,
검은 비닐봉지를 끌어와 콧물 화장지를 넣고
새 화장지를 받아 눈물과 침을 닦으며 끊어질
새라 이야기를 이었다. "딸년들은 아예 연락
한번이 없고, 호적에는 안 올린 딸 하나만
그나마 전화도 가끔 하고 2~3년에 한 번씩
와서 용돈도 주고 간"단다. 다른 딸 아들
이야기로 넘어가려는데, "가족관계증명서에
오른 자녀분들 이름만 필요해요. 나중에

주민센터에서 받아서 적을게요"라며 과장이 잘랐고, 그러거나 말거나 노인은 호적에 오른 이름 셋을 손가락을 꼽아가며 다 외우고 나서 "그것들은 다 그년이 싸지른 것들"이라며 말을 멈췄다.

당장의 문제는 너무 오래 방에만 갇혀 있었다는 점이다. 아예 일어서지를 못한 게 4개월을 넘었고, 다니던 병원도 5개월 넘게 못 갔다. 여러 병들이 상당히 진행 중인데 약 복용도 일체 중단된 거다. 1리터짜리 페트병 중간을 잘라 오줌통으로 쓰고 있었다. 위가 묶인 푸른색 비닐봉지에 오줌통이 들어 있었고, 약 한 시간 정도의 면담 동안 소변을 두 번 보았다. 노인이 손짓을 하면 여자가 오줌통을 꺼내 밀어주었고, 노인이 왼손으로 팬티를 뒤져 성기부터 꺼내놓고, 그 손으로 오줌통을 들어 성기를 오줌통에

걸치고 오줌을 흘려 넣었다. 과장은 바깥에서 몸을 돌리고 있었고, 나는 오줌 누는 노인의 모습을 바라보다가 나를 향한 지연의 눈길을 알아채고 후딱 말을 얹었다.

"소변 양도 적고, 색도 좀 안 좋네요. 약을 못 드신 지 오래되셔서 그럴 거예요."

과장이 대변은 어떻게 하는지 묻자, 명수가 나서서 "여기서 신문지 깔고 싸면 애가 변소에 들고 가서 버린다"고 했다. 여자가 "처먹기는 우라지게 처먹어서 하루에 똥을 두 번 세 번을 싸지른다"고 하자, 노인이 "이년이!"를 뱉으며 왼손 주먹을 들썩거렸고, 나는 미소와 말과 손을 끼워 넣어 둘을 진정시켰다. 좀 일으켜보라는 과장의 말에 지연과 둘이 부축해 일으켜보려 하자, 왼쪽 발과 다리로 방바닥을 짚어 일어나려다 말고 오줌을 줄줄 흘리며 도로 주저앉았다.

어지럽다며 퍼질러 앉는 노인에게 지연이 "으이그, 이 새끼야!"를 내지르며 방문 쪽 구석에서 걸레를 끌어다 오줌을 훔쳤다.

"기립성 저혈압이에요."

간호사 출신 사회복지사 박 과장의 전문용어에 지연이 뭔 개 풀 뜯어 먹는 소리냐는 듯 입과 눈을 삐죽거렸다. "몸이 안 좋은 노인들은 앉았다 갑자기 일어나면 어지럼증이 오거든요"라고 내가 설명하자, "하도 싸질러대서 갈아입을 바지도 빤쓰도 없다"고 여자가 받았다. 같이 갈아입히자니까, "알아서 할 테니 볼일이나 얼른 끝내고 가라"고 했다. 젖은 팬티를 입은 채로 면담이 이어졌다.

"어르신은 어떤 서비스를 원하세요?"

과장의 질문에 지연은 '기립성 저혈압' 때와 달리 벌건 눈을 동그랗게 치뜨며

"써어비스요?"라고 소리를 지르다시피 했고, 명수 역시 멍한 표정이었고, 나는 웃음을 눌렀고, 과장은 셋의 반응에 관심조차 없어 보였다.

"저는 어르신을 돌봐드리라고 나라에서 보내주는 요양보호사예요. 돌봐드리는 걸 서비스라고 해요."

"아니 그걸 왜 써비스라고 해?"

여자는 기가 차다는 듯 헛웃음을 쳤다.

"사회복지 쪽에서는 사람 돌보는 일에 서비스라는 말을 써요."

"돌봐줄 거 없어요! 내가 다 알아서 하는데 뭘."

"그러게요. 보니까 언니가 고생이 아주 많으시겠네요. 언니 생각에 지금 언니가 해드리는 거 말고, 어르신에게 더 필요한 도움이 어떤 것들인 거 같아요?

보니까 아무래도 걷는 거를 먼저 좀 하셔야
되고, 병원도 다시 다니시고 약도 다시
드셔야겠고……."

여자가 못 할 것 같은 항목들로 골랐다.

"맞아요. 아줌마, 나 좀 제발 방에서
나가게 해줘요."

"그래, 맞아. 이 아저씨 좀 일어나서 걷게
해줘요. 내가 아주 미쳐버리겠어. 이 덩치에
종일 방 안에만 처박혀 있으니까 내가 아주
환장하겠다니까."

"음식 만들기와 청소, 빨래, 그런 건
원하지 않으셔요?"

과장이 눈치 없이 여자의 영역을 쑤셨다.

"아니, 그런 걸 왜 아줌마가 해? 그런 건
내가 다 알아서 하니까 손대지 마요."

"아유, 그런 건 얘가 아주 잘해요. 내
입에도 딱 맞아요. 승질이 드러워서 그렇지."

그러고는 또 묻지도 않은 형제들 이야기로 넘어갔다. 셋이나 있다는 형들과는 왕래가 거의 없는데, 둘째 형만 휴대폰 번호를 바꾼 채 명절 즈음 가끔 공중전화로 연락해서 죽었는지 안 죽었는지 확인한단다. 순간 지연이 폭발했다.

"그 새끼 얘기를 여기서 뭐 하러 해? 내 앞에서 그 새끼 얘기 하지 말랬잖아!"

"알았어, 이년아."

조그마한 여자가 발악하자 거대한 늙은 남자가 푹 꺾였는데, 그새 까먹었는지 부러 그러는지 둘째 형 이야기를 마저 하며 "이년이 나 돈 나오는 거 땜에 붙어사는 거라 그래서"까지 나오자, 여자의 발악이 한껏 치솟으며 노인을 쥐어뜯을 듯 달려들었고, 그걸 말리다가 내가 적고 있던 조사서가 찢어지자 여자가 겨우 멈췄고, 그 덕에 대상자 조사 면담은 그럭저럭 마무리되었다.
박 과장이 내게 눈짓으로 그만 마치자고
했다. '옷 벗고 입기' '세수하기' '옮겨 앉기'
등 온갖 구구절절한 항목들을 '완전 자립'
'부분 도움' '완전 도움' 등으로 분류해
체크하고, '사람들이 무엇을 훔쳤다고 믿거나
자기를 해하려 한다고 잘못 믿는다' '슬퍼
보이거나 기분이 처져 있으며 때로 울기도
한다' '화를 내며 폭언이나 폭행을 하는 등
위협적인 행동을 보인다' 등등으로 이어지는
알쏭달쏭한 항목들을 일일이 물었다가는
항목마다 싸움이 나고 샛길로 빠져 조사가
얼마나 길어질지 모를 일이다. 그러니
수많은 항목들 채우기는 나중에 둘이 알아서
하자는 거다. 과장이 마지막으로 한 질문은
기초수급비가 얼마 나오느냐는 거였다.
항목 중에 월수입을 묻는 질문이 있으니

알아두어야 하는 사항이다.

"그건 왜요?"

여자가 대번에 신경질을 냈고, 노인이
"80만 원 좀 넘는데 그거나 좀 올려주실
수 없나요?"에 이어 붙인 말마디로 인해
겨우 막아내던 육박전이 결국 터졌다. 붙인
말은 둘째 형의 말을 닮은 "그 돈 받아
처먹으려고 붙어사는 년"이었고, "야이,
씨발 새끼야!"라는 발악과 함께 여자가
달려들어 남자 머리카락을 쥐어뜯었다.
이번엔 나도 막아설 틈이 없었고, 노인도
기다렸다는 듯 달려든 여자의 얼굴과 몸을
거대한 체구로 눌러놓고 왼손으로 두들겨
팼고, 박 과장은 마당 한가운데로 도망쳤다.
마비되지 않은 남자의 왼손과 왼팔 힘은
무서웠다. 명수는 100킬로그램은 족히 넘어
보였고, 지연은 40킬로그램이 될까 말까

했다. 거대한 짐승에게 잡힌 새끼 짐승처럼
무참하게 당하던 여자가 내 덕에 겨우 몸을
빼고는, '씨팔 좆팔'을 찾아가며 통곡을 했다.
뜯어말리느라 얼굴과 몸에 주먹 몇 방이 스친
나는, 노인과 눈을 마주치고 단호하고 낮게
말했다.

　　"어르신, 다른 건 몰라도 저는 폭력은 절대
안 참아요. 언니한테든 저한테든 다시 한번
이러시면 당장 신고할 거예요."

　　통곡하는 여자를 안고 노인을 노려보았다.
흑갈색의 넙데데한 면상 위로 칼자국과
편평 사마귀들과 갖은 얼룩과 점들, 천진과
포악이 엉겨 희번덕거리는 누런 눈알 두
개와 눈물로 질펀해진 눈곱, 실룩거리는 입술
사이로 하얗게 말라붙은 침과 질질거리는 침.
명치에서 피어오르는 혐오감을 들킬까 싶어
눈을 감았다.

그사이 박 과장이 새 조사서를 꺼내
노인에게 건넸다.

　"어르신, 저희는 일이 있어서 그만
가야겠어요. 내일부터는 이 요양보호사
선생님이 오실 거예요. 그런데 조사서가
찢어져서 이걸로는 못 내거든요. 나중에
저희가 그대로 옮겨 적어서 구청에 낼게요.
여기 새 조사서에 사인 좀 해주세요."

　명수가 오른손을 꿈질거리자, 과장이
"그럼 동거인이 대신 좀" 하며 여자를
바라보았다. 울음이 덜 끝난 여자가 몸을
돌려 꿈적거리더니, 텔레비전 아래 종이 상자
속에서 도장과 인주를 꺼냈다. "이런 데는
도장을 찍어야 하는 거"라며 서류를 받아
바닥에 놓고 어디에 찍을지 눈으로 물었다.
서류 위아래가 뒤집어져 있었다. 내가 서류를
바로 해주고, 도장 찍을 자리를 짚어주었다.

과장이 보행 보조기와 이동식 변기를
설명하면서 그 서류들도 내밀며 또 도장을
찍어달라고 했다. 주저하는 지연에게 내가
"어르신은 기초수급자여서 모두 무료"라고
말했다.

"아줌마 오는 것도 공짜 맞지요?"

이것도 양 주임이 이미 설명했을 거다.
나는 여자의 단어를 그대로 받았다.

"네, 공짜예요."

과장이 재가요양 R.F.I.D.(전파를 이용해
원거리에서 정보를 인식하는 기술. 요양
현장에서는 'RFID 태그' 혹은 '출퇴근 태그'라고
간략히 부른다) 기기를 꺼내 '요양보호사의
출퇴근을 확인하는 기계'라고 설명하며 방
안에 붙이려 하자, 둘 다 별 희한한 걸 본다는
표정을 했다. 지연이 방 안은 싫다고 하자
과장이 방문 바깥 문틀 위쪽에 붙이고 내

스마트폰과 연결되도록 설정했다. 내일부터 방문요양 서비스를 시작해서 주말을 제외하고 일주일에 5일, 오전 9시부터 12시까지 하루 세 시간씩 일한다는 것을 다시 확인하고, 과장이 먼저 대문을 나갔다. 내가 신발을 신는 동안 지연이 입을 삐죽거리며 말했다.

"저거 아직 마흔도 안 돼 보이는 년이 아주 싸가지가 없네!"

나는 친한 여편네끼리 주고받듯 찔끔하는 눈짓과 웃음에 엄지 척까지 했고, 여자도 따라 웃으며 엄지 척을 했다. 인사를 마치고 돌아서 대문을 나서려다가, 대문의 두 문턱 사이에서 뒤를 돌아보았다. 어떤 사람들은 헤어지면서 상대가 눈에 안 보일 때까지 눈길을 주니까. 둘 다 내 쪽을 보고 있었다. 헤프게 웃고 있는 노인에게 손을 흔들며 마주 웃었다. 그 표정과 손짓 그대로 여자에게 눈을 줬다.

섬뜩하도록 서늘한 눈빛. 못 본 척 몸을
돌려 나왔는데, 여자의 눈이 뇌 한쪽에
박혀버린 건가.

과장은 에어컨을 튼 채 차창을 모두
열어놓고 운전석에 앉아 숨쉬기 운동을 하고
있었다.

"아휴, 살다 살다 저런 사람들은 처음
보네요. 아니, 어떻게 처음 보는 사람들
앞에서 저렇게 쌍욕을 하면서 싸울 수가
있냐고요. 게다가 냄새가 냄새가……."

"그러게요."

간단히 받아버리고 혼자 생각을 이었다.
남의 시선을 전혀 신경 쓰지 않는 걸까.
외양이야 드러낼 수밖에 없었다 치고, 둘의
관계에 대해서도 장차 계속 볼 낯선 사람
앞에서 전혀 연출하지 않았다. 신경 쓰지

않음을 넘어 적극적인 노출이다. 남의 눈을
무서워하는 세상살이에서 흉허물을 스스로
까발리는 것은, 배수진의 지경이자 퇴로 없는
사람의 마지막 공세다. 자기네끼리야 그렇다
치고, 남들 앞에서도 쌍욕과 폭력을 흉허물로
생각하지 않는 건가. 대문턱에서 부딪친
여자의 시선은 또 다른 국면이다. 돌변한 자기
시선과 마주한 이쪽 웃음에도 요동조차 없다.
불길하다. 벌거벗은 존재들이 맞짱 뜨기를
작심하면, 윤리니 제도니 상식 따위는 하등
쓸모가 없어진다.

　"방 옆에 부엌 비슷한 데서는 쥐까지
보이더라고요. 요즘 세상에 쥐가 웬 말이에요?
그래도 하시겠다고 하니까 센터야 뭐
재가요양 건수 하나 올려서 좋은데, 아 정말
저런 쓰레기 같은 인생들한테까지 복지를
퍼줘야 하는지 회의감이 드네요. 그게 다

우리가 낸 세금이잖아요."

　　돌아오는 차 안에서 박 과장은 양 주임과 나눈 이야기를 대충 했다. 여자와 노인은 오래전부터 같이 살아왔고, 여자가 성질이 더러우니 일을 하려면 적당히 피하라고 했다. 여자가 요양보호사 오는 걸 계속 반대해서 양 주임도 미뤄왔지만, 지난달 방문해보니 더 이상 미룰 수 없는 지경이더란다. 여자는 노인에 대해 어떤 법적 권리도 없고, 아들은 요양 서비스 관련 법적 보호자의 권리를 주민자치센터에 넘겼단다. 비상시에는 자기가 양 주임에게 연락하기로 했으니, 나는 자기에게 보고하면 된단다.

　　이어 과장은, 근로계약서와 근무 일지를 오늘부터 근무한 것으로 작성해줄 테니, 같이 센터로 가서 요양신청서를 다시 작성하고 이동식 변기와 보행 보조기 신청서까지 작성해 모두 종로구청 노인복지과에 제출하고, 종로6가 의료기상에 배달을 요청해놓고 퇴근하라고 했다. 관리자 업무를 요양보호사에게 떠넘기는 거다. 복지현장에서 업무 분장을 정확하게 하는 건 불가능하기도 하고, 무급이 될 뻔했던 그날 행차가 하루 근무가 됐으니 나도 좋다고 했다. 노인이 국민기초수급자여서 모든 비용이 무료이되, 관련 행정절차나 노인 용품 구입 신청 등을 구청을 통해 해야 한다. 근무 시작 2021년 6월 9일, 시급 8720원, 1일 세 시간 주 5일 근무, 계약 기간은 12월 31일까지. 내년에는 새로운 최저시급이 적용되므로 그때 가서 근로계약서를 다시 쓰자는 게 과장의 말이었고, 가능하면 계약 기간을 짧게 해서 퇴직금과 연차휴가나 수당을 주지 않으려는 의도인 걸 알지만 우선은 똑똑한 여자로 보이고 싶지 않아 그냥 넘어갔다.

하긴 그 계약 기간조차 채우지 못할 가능성도
있다. 요양센터는 노인과 요양보호사를
연결하는 플랫폼일 뿐이다. 임금은 매일
세 시간의 시급을 모아 달마다 지급한다.
노인과 요양보호사 사이에 문제만 없다면,
센터와 요양보호사 사이는 계산과 지급
이외에 관계랄 것이 없다. 나 역시 불가피한
접촉 말고는 센터장이나 과장과의 관계를
최대한 생략한다. 플랫폼 노동이다 보니 다른
요양보호사들을 만날 기회도 거의 없다.
의료기상을 나온 게 12시 20분경. 1일 세
시간 근무가 대충 맞아떨어진 거다. 원남동
원룸, 창신동 노인 집, 종로3가 햇빛요양센터,
종로구청 등은 모두 걸어서 20~40분 거리다.
싸구려 노동에 교통비 안 드는 것만도 큰
다행이다. 덕분에 걷기 운동이나 하자 싶었다.

다른 재가요양센터를 통해 하고 있는

종로구 통인동 근무는 오후 1시 30분부터다.

시간도 넉넉하고 무급도 면했고 배도 고프다.

바로 근처에 보이는 중국 음식점으로

들어갔다. 짜장면을 먹는 내내 대문턱에서

부딪친 여자의 시선이 떠올랐고, 이후 지

노인 일을 하는 동안 수시로 떠올랐다. 떠오를

일이 자꾸 생겼다. 되돌아 곱씹을 때마다

기억과 느낌과 해석이 점점 나풀거리면서

더 헷갈려졌다. 여자의 눈이 내 속을 빤히

들여다보는 듯했고, 여자에게 들켰을 내

속이 무엇인지 자꾸 헤집게 됐다. 게다가

표변한 시선을 내게 들키고도 요지부동한

눈빛이라니. 그 눈길에 대고 나는 구차한

웃음만 마저 보이고 돌아선 거다. 웃음 뒤

어떤 마음을 더 들킨 걸까. 당혹감은 당연히

들켰을 거다. 구차함을 넘어 비굴함까지 묻어

있었을까. 말하자면 피차 들킨 건데, 여자는 아무렇지도 않고 나만 내 속을 거듭 뒤져대는 건가.

지연 입장에서 생각해보면, 박 과장과 내 방문 자체가 신경질 나는 일일 터다. 자신은 원하지도 요청하지도 않은 '서비스'를 주겠다며 낯선 사람들이 이틀을 계속 들락거리면서, 자신들의 상태를 보고 사는 형편을 묻고 적어대는 걸 고스란히 당해야 했다. 그러니 일을 마치고 나가는 사람들의 뒤통수에 대고 신경질 담은 시선을 보내는 게 당연하기는 하다. 박 과장은 별도로 치고 나와 지연 사이만 따지자면, 첫 방문 내내 몰래 고수했던 내 관찰을 지연이 알아챘을 거고, 무방비 상태로 관찰당할 수밖에 없던 기분을 시선에 담았을 거다.

그래, 솔직히 말해 첫날 내내 그들을

관찰했다. 드문 관찰거리였고 강렬했다.
겉으로 보이는 열악함을 넘어 그들 스스로
적나라하게 까발리기까지 했다. 몰래 본 것도
아니고, 관찰 도중에 내 편에서 당황이나
비하를 드러내지도 않았다. 혹시라도 그런
기미를 보일까 봐 눈길과 눈빛에 신경을
썼고, 넉살과 임기응변으로 연출까지 했다.
지연 말대로 "싸가지 없는 박 과장 년"과 달리
지연과 나 사이는 우호적이었다고 생각하며
돌아서는 순간, 여자가 뒤통수를 후려친 거다.
우호 타령은 관찰하며 연출한 자의 오만이자
착각이다. 여자는 내 오만을 알아챈 거고, 그
알아챔에 대해 나는 순간 당황했다. 여자의
직관은 내 관찰과 인식과 연출을 넘어선 거다.

2

둘째 날은 일부러 30분 정도 일찍 도착해 근처를 돌아다니며 동네를 익혔다. 노인 집에서 내 걸음으로 5분 거리에 보건소가 있고, 구립체육문화센터는 보건소와 입구는 다르지만 같은 건물에 있으며, 문화센터 정문 양옆에는 비와 햇볕을 가리는 푸른색 투명 천장이 설치된 주민 쉼터도 있다. 공간이 평평하고 넓은 데다 크고 작은 의자도 많아, 모두 보행 보조기를 이용해 운동하거나 쉬기에 좋은 공간이다. 동네 길도 보행기로 걸을 만하다. 2분 전 대문을 들어서 출근 체크를 했다. 재가요양 R.F.I.D.에 대해 '노동 감시'라는 이유로 반대가 많았지만 당국은 결국 밀어붙였고, 출퇴근 감시를 넘어 노동의 내용과 장소까지 감시하려고 점점 더

조여오고 있다. 속일 방법이야 여러 가지지만,
머리 굴리기 귀찮아, 하라는 대로 하고 있다.
지연은 술기운이 없었고, 방도 한결 깔끔했다.

출근하자마자 '박 가정의원'을
다녀오겠다고 했다. 헛걸음칠 생각을 하고
노인의 주민등록증과 의료보험증을 챙기고
얼굴 사진도 찍었다. 걸어서 10분 거리의
창신시장 입구에 있는 오래된 작은 병원이고,
가파른 계단을 올라가는 낡은 4층 건물의
2층에 있다. 규모에 비해 환자가 낳았나.
사정을 설명해도 환자 없이는 절대로 약
처방전도 의사 면담도 안 된다고 하는
간호사를 달래 의사를 만났다. 일흔 정도의
남자 의사는 사진을 보자 명수를 기억했고,
컴퓨터를 들여다보더니 마지막 진찰이
5개월이 넘었다면서 죽은 줄 알았다고
했다. 병원을 오지 못한 이유를 설명했고,

박 과장과 양 주임까지 휴대폰으로 연결해 확인해주었고, 일단 2주 치 약을 받아 가고 다음 진료 때는 가능하면 본인을 데리고 오기로 했다. 고혈압과 당뇨와 신부전증에 관한 약을 처방받았고, 건물 1층에 있는 약국에서 약을 받았다. 모두 무료였다.

약국을 나오는데, 대로변 쪽 길 꺾어지는 건물에 지연이 숨어 있었다. 정확하게 말해 건물 뒤로 몸을 둔 채 머리만 내밀고 나를 보고 있었다. 눈이 마주쳤고, 나는 또 웃었고, 지연의 눈은 여전히 날카로웠다. 날카로웠나. 날카로웠다면, 그 날카로움은 그녀와 나 각각에게 대체 무엇인가. 가까워지자 "병원 못 찾을까 봐 나온 거예요?"라는 말과 웃음으로 내가 비껴갔고, 여자는 활짝 웃으며 약을 받아 들었다.

두 종류의 약은 '아침과 저녁 식전

30분'으로 복용 방법이 같았고, 작은 약통에
담긴 혈압 약은 잠들기 전에 따로 복용하면
된다. 지연과 함께 56개의 약봉지를 일일이
뜯어 28개로 만들고 비닐 테이프로 붙였다.
명수는 연신 싱글거렸다. 둘이 일어서기와
걷기를 하는 동안 지연이 밥상을 차렸다.
아침밥을 안 줬더니 배고프다고 난리란다.
내 출근으로 둘의 하루 사이클이 뒤흔들린
거다. 10시 54분. 지연과 명수는 당연히 같이
먹을 생각을 하고 있었다. 당연하게 여기는
사람들 앞에서 거듭 거절하는 것도 아니다
싶어, "아이고, 이렇게 끼어들어 먹어도
괜찮은 건지 모르겠네요. 잘 먹겠습니다"
하며 둘러앉았다. 점심값이 굳었다. 대부분의
재가요양보호사들은 '먹는 문제'로 노인이나
노인 가족들에게서 모멸감을 느낀 경험이
있다. 모멸감을 주려는 의도와 상관없는

경우도 많다. 게다가 밥을 얻어먹는 것은
어떤 부당한 요구를 차마 거절하지 못하게
한다. 밥은 방에 있는 전기밥솥으로 이제 막
한 거고, 양은 쟁반에 김치와 자반고등어와
콩나물무침과 소주 한 병이 놓여 있었다.

"돈 나온 지 한참 돼서 오까네가
나이데쇼야. 이번 달은 재수가 좋아서 18일에
돈이 나와."

지연은 어느새 반말이었다. 수급비 나오는
20일이 일요일이라 이틀 일찍 돈이 나온다는
소리다. 명수의 밥은 체구만큼이나 거창했다.
둘 다 내게 술을 권했다.

"말 안 할 거니까 걱정할 필요 없어."

체질적으로 술을 못 하는 게
다행이었다. 술은 지연만 마셨다. 명수는
원래 술고래였는데 풍으로 쓰러지고 나서
끊었단다. 식사 후 둘 다 담배를 물며 내게도

권했다.

"나는 못 피워요."

말려들 일을 줄여야 한다.

지연이 마당 수돗가에서 설거지하는 동안
소화도 시킬 겸 일어나는 연습을 더 하자고
했고, 명수가 내 부축을 받아 박스를 잡고
일어나려다 말고 똥이 마렵다고 했다.

"툭하면 밥 먹은 자리 치우기도 전에
지랄을 한다니까."

지연이 장독대 아래 부엌으로 쓰는
공간에서 신문지 여러 장을 챙겨 와 깔았다.
방문을 열어놓은 채 팬티까지 벗고, 등받이
없는 플라스틱 간이 의자에 몸을 기대고
엎드려, 신문지 위에 엉덩이를 벌리고 쭈그려
앉아 똥을 눴다. 주저앉지 않도록 지연이
뒤에서 등을 밀어줬다. 되지도 묽지도 않은
똥은 양이 많고 냄새가 심했다. 다리에 힘이

생겨 훨씬 쉬워졌다며 둘 다 신이 났다.

"이 새끼가 이러다가 똥을
깔아뭉개버려서 미쳐버릴 뻔했다니까."

"똥 쌀 때마다 이년이 얼마나 쌩지랄을
치는지 알아요?"

둘은 떠들며 낄낄거렸고, 여자가 웃다
말고 내 시선을 훔쳤고, 나는 얼른 대응했다.

"대변 색과 상태를 보니, 소화 기능이
좋으신 것 같네요."

똥을 싸는 동안 오줌이 신문지를 넘어
방바닥으로 퍼졌고, 내가 걸레를 가져다
막았다.

"언니, 똥오줌은 내가 다 알아서 하니까
손대지 마!"

신경질이 묻어 있었다. 그때부터 서로
언니라고 불렀나 보다. 신문지로 똥을
처리하고, 휴지로 항문을 닦고, 똥오줌 자리를

닦고 팬티와 걸레를 마당 수돗가에 던져놓고,
신문지 뭉치를 들고 나가 마당 한구석 변소로
가는 일련의 일들을, 여봐란듯 묵묵하고
당당하게 했다. 노인이 서랍에서 새 팬티를
꺼내 입었다.

　지연이 빨래 몇 가지를 주물러 장독대
위에 널고 뒷정리를 하는 동안, 노인과 나는
방 안에서 일어나고 걷는 연습을 했다. 워낙
크고 무거워서 부축하는 게 쉽지 않았지만,
왼발이 제대로 방바닥을 딛도록 도와주기만
하면 일어설 수 있었다. 한 발짝씩 떼는
것에서 시작해 벽이나 가구를 짚고 걷는
연습까지 했다. 생각보다 진도가 빨랐다.
지연도 좋아했고, 명수는 감격의 눈물까지
흘리더니 곧 졸립다고 했다.

　"언니, 나도 한숨 잘라니까 그만 가지."

　12시까지는 16분이 남아 있었다.

"저 기계가 출퇴근 시간 체크하는 기계예요. 난 저기 툇마루에 앉아 있다 12시 되면 체크하고 갈 테니까, 두 분은 문 닫고 주무셔요."

기기를 바라보는 지연을 보다가 눈이 마주쳤고, 나도 무심한 척 넘겼다. 좁은 공간일수록 눈은 자주 마주치는 거다. 지연이 문을 닫자, 나는 문간방 툇마루에 앉아 휴대폰을 뒤적이고 스트레칭을 했다. 12시 2분에 태그하고 대문을 나설 때까지 방문 쪽을 보지 않았다. 보고 있겠거니 생각해버리는 게 수다. 동대문역 3번 출구를 30여 미터 지나 창신시장 입구 골목에서 담배를 피웠다. 바로 앞에 '콩나물밥 3000원'이라는 붉은 글씨가 적힌 종잇장이 여러 개 붙은 식당이 보였다. '세상에서 제일 싼 집'이라는 문구도 있었다. 낡은 골목,

허름한 사람들, 싼 밥값. 이후 그 집 일을
마치면 담배와 밥을 위해 그곳에 자주 들렀다.

둘째 주 월요일 오전 10시경 보행
보조기와 이동식 변기가 배달되었다.
의자처럼 생긴 이동식 변기는 배변과
뒤처리를 간편하게 해주었고, 보행
보조기야말로 명수에 관한 돌봄 노동의
내용과 환경을 확 바꿔주었다. 보행 보조기를
보자마자 둘 다 방 바깥으로 나가고 싶어
했고, 첫 시도에서 마당은 물론 대문턱
두 개를 넘어 문밖 20미터 거리에 있는
구멍가게까지 나갔다 들어오는 데 성공했다.

열흘 정도 겪고 나니, 처음 며칠이 아주
평탄한 날들이었다는 걸 알게 되었다. 그들도,
아니 지연도, 첫 만남이라서 남들이 좀 신경
쓰였던 걸까. 둘째 주 중반부터는 하루하루가

다사다난이고 예측 불허였다. 그래봤자 하루 세 시간 겪는 남의 다사다난이고, 예측 불허야 닥치는 대로 응하면 된다. 문제는 지연의 술이 만들어내는 소란들이 내게까지 영향을 미치는 거다. 정확히 말해 지연의 술로 인해 지연과 나 사이 신경전이 슬슬 상승 국면을 탔다. 한편 그 예측 불가능과 신경전이야말로, 내가 이 집에 계속 출근하는 가장 중요한 맛이 되어가고 있었다. 갈등과 친밀감 사이 팽팽한 줄타기를 즐겨버리자 싶었다.

3

노인과 동네를 돌아다니거나 문화센터 인근을 걷는 100분 넘는 일정이 거의 매일 반복되었다. 숨통이 트인다며 여자도 노인도 좋아했고, 나로서도 큰 다행이었다.

출근길마다 그 방이나 지연 눈앞에서 세 시간을 보낼 생각에 심란했는데, 방을 나와 지연과 거리 두기가 되니 살 것 같았다. 노인은 걷고 나는 옆이나 뒤에서 따라 걸었다. 노인이 좋아하는 보건소 물리치료와 침을 꼬박꼬박 예약해 각각 일주일에 2회씩 받았고, 그때마다 30분 정도를 죽일 수 있었다. 처음엔 옆에서 따라 걷거나 의자에 앉아 기다리기만 하다가, 책이나 읽을 자료를 챙겨 와 따라 걷거나 기다리면서도 읽었다. 그러다 보면 가끔 어느 구석에서 지연이 나타났고, 때로는 몸을 숨겨 얼굴만 내밀고 주시하다 사라지기도 했다. 바깥에서는 안 쓰던 안경을 썼고, 시선을 피해 종이 자료를 포기하고 휴대폰의 녹음 자료나 유튜브 시사 자료를 이어폰으로 연결해 들었고, 나중엔 무선 이어폰을 장만했다. 지연은 내 속내를 어디까지 아는 걸까. 설마 나만 그녀의 속내를 가늠해대는 걸까.

돌봄 대상자는 노인이었지만, 내겐 일찌감치 '그 여자네 집'이 되었다. 처음부터 여자가 더 신경 쓰였고 여자에게 마음이 많이 갔다. 초기에는 여자가 왜 이 남자 옆에 있는지 이해가 안 갔는데, 시간이 지나면서 가늠이 됐다. 여성 홈리스나 성매매 여성들 중에는 더 큰 위험을 피하느라 그 바닥 센 남자의 여자로 있는 경우가 많고, 폭력이나 경제적 갈취를 당하면서도 외로움을 피해 동거나 동반자 관계를 유지하는 경우가 많다. 여자는 의료보험증은 고사하고 주민등록 자체가 말소되어 있었다. 같이 사는 동안은 그렇다 치고 남자가 죽은 후에도 계속 살아가게 될 지연을 생각해, 주민등록증과 의료보험증을 만들어주고 싶었다. 잘하면

기초수급자도 될 수 있을 것 같았다. 어느 날 슬쩍 주민등록을 되살리는 이야기를 꺼냈다.

"이제 보니까 언니도 나 등쳐먹으려는 사람이구나? 다 집어치워! 더는 안 속아!"

무슨 소리인가 싶다가 문득 병원 가는 나를 뒤쫓아 온 이유가 명수의 주민등록증 때문일 수 있겠다는 생각이 들면서 맥락이 대강 잡혔다. 여자의 반응이 좀 폭발적이어서 그날은 그냥 넘어갔다.

근무 시작하고 일주일 정도 지난 어느 날 여자가 3만 원을 빌려달라고 했다. 밥상머리에 앉힐 때부터 어느 정도 예상은 했지만 너무 빨랐다. 수급비 나올 때가 되니 돈이 씨가 말랐다며, 수급비 나오면 갚겠다고 했다. 21일에 출근하니 돈부터 갚았다. 돈을 빌리고부터 나를 대하는 여자의 태도가 한결

부드러워졌고, 그 김에 나는 여자와의 관계를
잘 풀어낼 틈을 노리게 되었다. 어느 날은
한글을 가르쳐달라고 해서 공책과 연필을
사다 주고, 여자 말로 "공부씩이나" 하며 셋
다 좋아했는데, 이틀 배우고는 그만두겠다고
했다. '혹 내 어떤 태도나 표정 때문에 그만둔
걸까'를 여러 번 되돌려봤는데 떠오르는 게
없었다. 처지가 다르면 죽었다 깨어나도 모를
일이 많다.

술에 나가떨어진 경우가 많았고, 그럴
때면 노인이나 나는 그냥 놔두거나 피하는
수밖에 없었다. 덜 취한 날은 술기운에
오락가락하며 자기 살아온 이야기를
풀어내기도 했다. 그러다 보면 내 살아온
이야기도 좀 하게 됐고, 옆에서 명수가
거들기도 했다. 여러 차례에 걸쳐 털어놓은
지연의 살아온 이야기와 둘의 생애 관계를

요약 정리하면 이렇다.

1940년대 중후반 출생으로 명수와 나이가 비슷할 지연의 아버지는 전북 익산의 어느 깡촌에서 태어나 죽을 때까지 살았고, 학교라고는 다녀본 적이 없었다. 배가 고파 서둘러 입대했고, 첫 휴가에서 자기 비슷한 여자와 혼례를 치렀고, 세 번째 휴가에서 백일을 막 지난 아들을 안았다. 제대를 넉 달 앞두고 한몫 벌려고 '월남전'에 자원했고, 1년 만기를 두 달 앞두고 전투 중 오른쪽 다리와 오른쪽 팔을 잃었다. 헬리콥터는 미군 부상병만 실어 갔고, 한국군 부상병은 트럭으로 날랐다. 병원들을 거쳐 입대 5년 만에 '병신'이 돼서 집으로 돌아왔고, 다음 해에 딸 지연을 얻었고, '새끼'를 더 만들지는 않았단다.

"아버지라는 새끼는…… 술 취해서

식구들 패는 거 말고는 생각나는 게 없어.
엄마가 학교에 넣어줬는데, 아버지가
지랄을 쳐서 1학년도 못 다녔어. 오빠는
중학교를 나왔을 거야. 근데 오빠가 제일
많이 맞았어. '저 새끼 땜에 내가 병신이
됐다'는 거야. 첫아들 생긴 게 너무 좋아서
돈 벌 욕심에 전쟁터를 갔다는 거지. 오빠는
아버지한테 맞는 거 피해서 군대를 빨리
갔을 거야. 근데 제대를 세 달 앞두고 두
다리가 잘려서 돌아왔어. 허벅지 요기
아래가 없는 상병신이 된 거야. 훈련받다가
폭탄이 잘못 터져서 그랬대. 오빠가 오니까
이젠 두 병신이 허구한 날 뒤엉켜서 서로
죽이겠다구 무섭게 싸워대더라구. 그런
데다가 오빠 새끼는 그 몸뚱어리에 그거는 또
살아서 툭하면 나를 불러대구 그랬어. 하도
지랄하니까 불쌍해서 몇 번 대줬어. 그러다

어느 날 산에서 목매 죽었어, 오빠가. 며칠 있다 엄마도 농약 먹고 가버렸고. 그러니 할머니는 뭐 맨날 멍해가지구 있구, 아버지 새끼는 이제 나한테다만 아주 쌩지랄을 치고. 그래서 도망 나온 거야. 그게 열여섯 살 때야. 식구들하고는 그게 끝이야. 죽었는지 살았는지 알아볼 생각도 안 했어. 그 새끼도 나 찾은 적 없을 거고. 설 쇠러 고향 내려온 동네 언니를 따라 도망 나온 거야. 그 언니가 저 신작로 건너 쪽방촌 근처에서 이 새끼가 하던 아가씨집에 나를 데리고 간 거야. 그 동네가 아주 아가씨집이 쌔구 쌨댔거든."

말하느라 술은 덜 마셨는데 일찌감치 눈이 벌게졌고, 도중에 눈물을 보이다가 흐느끼다가, 어느새 말랐다 다시 젖곤 했다.

명수는 50년 넘게 창신동에서 살고 있다. 잘나가던 시절엔 창신동파 두목 '깜상'으로

통하며 '아가씨집'과 '하우스(도박꾼들에게 방을
빌려주는 집)'를 여러 개 굴렸고, '깜빵'을 수도
없이 들락거렸다. 그러다가 "여편네가 다 털어
처먹고 도망가면서 싸그리 망했"고, 마지막
'깜빵'을 다녀온 후 신용불량자가 되어 창신동
쪽방촌에서 대로 하나 건넌 이 단칸방에
지연과 함께 '기어든' 게 15년이 좀 넘었단다.

　　더 겪으면서 보니, 둘은 생애 내력이나
심리적으로 서로 얽히고설킨 채 엉겨 붙은
덕에 피차 아직 무너지지 않고 있었고,
따로 떨어지면 금세 각각 무너져버릴 것
같았다. 서로 징그럽게 얽힌 분리불안 증상은
상대적으로 지연이 더 심했다. 노인과 내가
병원이나 보건소, 주민센터 등에 가고 없으면
자꾸 전화를 해댔고, 늦게 온다는 핑계로 술을
먹었다. 그러다가 돌아오면 "저건 나 없으면
죽어!" "니가 나 없으면 죽지!"라는 말을

서로 퍼부으며 싸웠고, 내겐 모두 "나는 저거 없으면 죽어!"라는 소리로 들렸다.

"첨엔 너무 쬐깐해서 청소랑 심부름만 시키고 일은 안 시켰어. 근데 그때도 높은 놈들 오면 꼭 나를 집어넣더라고. 깜상 똘마니들이 승용차에 태워 무슨 별장이라는 데다 넣기도 했어. 알고도 먹고 모르고도 먹고, 약을 많이 먹었어. 그러다가 한번은 된통 걸려서 깜상하고 내가 짭새 두목한테까지 끌려가 얻어터지면시 조사당하고 벌금 먹고 난리가 났지. 깜상은 철창에 넣고 나는 조사당한 방에 뒀다가 밤중에 깜상 똘마니들한테 넘겼는데, 그 새끼들이 나를 어디 호텔 방으로 실어 가더라구. 방에 경찰서에서 봤던 짭새 두목 새끼가 있었어. 그 늙은 변태 새끼한테 꼬박 하루를 구멍마다 별의별 짓을 다 당하고

닷새를 앓아누웠어. 깜상 여편네가 약도
지어다 주고 흰죽도 쒀주고 그랬어. 병원
데려가면 다 들통나는데 무슨 병원이야?
어느새 깜상도 나왔고 난리도 조용해졌고
색시 장사도 전처럼 하더라구. 대신에 나는 한
2년을 그 경찰서장 놈 장난감으로 살았어. 그
새끼는 맨날 홀딱 벗겨서 경찰 모자만 달랑
씌워놓고 개지랄을 쳤어. 지금도 짭새들만
보면 이가 갈려."

　　"나두 그때부터 따먹었지. 내가 젤
먼저 따먹었어. 그땐 이년이 야들야들하고
쫀득쫀득하고 아주 맛있었어."

　　남자는 헤헤거렸고 여자도 웃어넘겼다.
이야기를 더 들어야 하니 대꾸 없이 눈을
감았다. 눈을 뜨니 여자가 나를 보고 있었다.
어떤 몸짓과 표정을 해야 하는가. 여자가
이야기를 이었다.

"나중에 이 새끼가 민쯩을 만들어줬는데, 그걸로 지네 맘대로 대출받고 조선족 남자랑 결혼도 시켜놨어. 나는 민쯩이라는 걸 구경만 했고 깜상 여편네가 쥐고 있었어. 그때쯤부턴 나도 아무 손님한테나 몸을 팔았지. 그러다 어느 날 먹이고 입히고 재우고 한 돈에다 깜빵 살 걸 여러 번 빼줬다면서 빚 얘기를 시작하더니, 첨에는 몇백만 원이라고 하던 게 금세 3000만 원으로 늘어났어. 내가 승질은 못됐지만 써비스 하나는 또 끝내주니까 니 찾는 놈들이 많았는데, 빚은 맨날 늘어나는 거야. 대출해준 거기서 맨날 무슨 종잇장들이 날아오고. 도망도 쳐봤는데 이 새끼가 똘마니들 풀면 금방 잡히더라고. 짭새들이랑 다 한통속이라 안 잡힐 수가 없어. 그러면 이 새끼가 또 날 가둬놓고 죽도록 패고 그 밤에는 또 가지고 놀고. 그러다가 든 생각이

'나는 민쯩도 없고 글씨도 모르고 세상에 내 편 돼줄 사람 하나 없는 좆같은 인생이구나, 쥐약이라도 먹고 콱 뒈져버릴 생각 아니면 이 새끼 옆에 붙어 있어야겠구나' 하는 거였어. 이 새끼가 내 몸뚱어리랑 밑구녕에 뭔 짓을 하든 깜상 여편네는 아무 소리도 안 했어. 서로 언니 동생, 엄마 딸 하면서 잘했다니까. 내 몸 걱정해주는 건 그 언니밖에 없었어. 근데 어느 날 그년이 나랑 이 새끼랑 다른 아가씨들 앞으로 빚을 뭉텅이로 엥겨놓고 민쯩들도 싹 챙겨서 도망을 쳐버렸어. 그 후론 아예 민쯩 없이 살았어. 나 같은 년은 민쯩이 없어야 안 당하더라구. 짜가 이름 여러 개를 돌려쓰면서 살았어. 이 새끼가 마지막 깜빵 사는 동안, 꼬붕들 사는 집에 같이 살면서 밥해주고 빨래해주고 하자는 대로 대주고 시키는 대로 몸 팔면서 살았어. 그러다가 깜빵 나왔을 때 이 새끼는 아주 개털이 됐더라구.
얼마 있다 중풍으로 쓰러지면서 내가 떠맡은
거야. 그 바닥 어깨들이 그래도 의리 하나는
좋아. 어떤 꼬붕들은 지금도 명절이나 생일
때면 고기랑 과일이랑 용돈 들고 와서
큰절하고 그래. 근처 사는 개털 된 똘마니들은
아침에 공공 근로 나왔다가 방에 들러서
저 새끼 좋아하는 사이다도 넣어놓고 가고,
한여름엔 얼음물도 마시고 가고 그래."

　　아직 6월이라 쌀쌀하고 장소도 마땅치
않았지만, 조심스럽게 샤워를 제안했다.
우선 냄새가 심했다. 둘 다 흔쾌히 좋다고
했다. 방에 갇혀 있는 동안은 지연이
가끔 물수건으로 닦아주었단다. 들통에
물을 받아 휴대용 가스버너에 데워, 마당
수돗가에서 씻겼다. 두 개의 작은 방에는

각각 할머니 하나와 젊은 태국 남자 하나가
사는 모양인데, 내가 출근해 있는 동안에는
거의 볼 수 없었다. 안채에는 60대 중반
여자가 집 관리인을 겸해 혼자 세 들어 살고
있었는데, 노인 샤워시키는 걸 봐도 "아유,
시원하시겠어요" "네, 금방 끝나요" 정도의
말만 오갔다. 명수 몸에는 칼자국 같은 크고
작은 흉터가 여러 개 있었고, 짙은 빛깔의
반점이나 사마귀들도 많았다. 일주일에 한
번 하던 샤워는 날이 더워지면서 주 2~3회로
늘었고, 똥과 오줌 때문에도 수시로 샤워를
시켜줬다. 노인은 발가벗은 채 보행 보조기를
잡고 서 있고, 지연과 내가 고무장갑을 끼고
같이 씻겼다. 그러자고 정하지는 않았지만
성기는 늘 지연이 닦았고, 그럴 때마다 지연은
"쓰잘데기없는 살 뭉탱이"라고 놀렸고, 노인은
보행기를 들썩거리며 화를 내는 척하다

말았다. 한번은 샤워 도중 노인이 내 젖을 콱 쥐었다 놓고 낄낄거린 일이 있었다. 나는 정색을 하며 큰 소리로 화를 냈고, 한 번만 더 그러면 성폭력으로 고소하겠다고 했다. 노인은 금세 비실거리며 미안하다고 했고, 지연은 무표정한 얼굴로 입을 다물고 있었다. 자신은 어려서부터 이 새끼뿐 아니라 온갖 새끼들에 의해 몸이 아무렇게나 다뤄지고 팔아넘겨져 왔는데, 겨우 가슴 한 번 쥐인 걸로 성폭력에 고소 운운까지 하는 년.

4

한동안 지연은 양손에 주부습진이 심했다. 식초 물에 담그고 연고를 발라도 더 심해지기만 했다. 나도 주부습진으로 고생한 경험이 있고, 결국 의사가 처방한 조제약을

오랫동안 먹고서 나았었다. 치료도 치료고
공공 기관 안으로 여자를 데리고 들어갈
기회다 싶어, 일단 나서보기로 했다. 우선
혼자 보건소 의사를 찾아갔다. 40대 초반의
남자 의사는, 명수의 물리치료와 침, 감기약
처방전 등으로 나와는 아는 사이였다. 무슨
이유인지 그는 늘 아주 불행한 표정을 하고
있었는데, 겪어보니 친절하지는 않지만
못돼먹은 사람은 아니었다. 말하자면
자신의 어떤 불행감을 얼굴에 늘 드러내는
사람이랄까. '안 되면 말고'라는 마음으로
불법을 제안했다. '빈곤한 의료보험 미가입자,
지명수 노인과 같이 사는 여자, 극심한
주부습진, 내 이름으로 처방전 등'의 설명에
그는 의외로 간단하게 수락했고, 환자를
데리고 오라고 했다.

　　다음은 지연을 설득하는 일이었다. 지연은

모든 공공 기관과 공공 건물과 그곳 사람들에
대해 심한 거부감을 갖고 있었다. 내가 들은
바로 지연이 만난 공공 기관 인물이라면,
'경찰 두목 새끼'와 그런 유의 경찰들,
노인을 대신해 수급자에게 나오는 쌀이나
후원 물품을 받느라 만났을 주민자치센터
직원들, 명의 도용을 당할 때 깜상 일당을
따라가 만났을 은행이나 공공 기관 직원들,
박 과장과 양 주임 정도였다. 그들이 어떤
사람인지와 상관없이 지연은 그들 앞에서
불안이나 모욕을 느껴왔을 거다. 처음에는
얼굴을 삐죽거리며 싫은 기색을 하더니 결국
"내일 가자"고 했다. 내친김에 나는 주민등록
살리기, 기초수급자 신청하기도 차차 제안할
생각이었다.

　　다음 날 출근하니 술기운도 없고 아침
일찍 목욕탕까지 다녀왔다고 했다. 진료실에

같이 들어갔다. 커다란 책상 너머 의자에 앉아 의사가 지연에게 이름과 나이를 물었고, 지연은 약간 더듬으면서 답을 했고, 의사는 종이에 받아 적었다. 의사는 예의 불행한 얼굴로 "국민건강보험에 가입되지 않았다면서요?"라고 물었다. 머뭇거리던 지연이 순간 튕겨 오르듯 일어나 진료실을 나와 보건소 바깥으로 뛰쳐나갔다. 돌발적이어서 여자의 눈도 표정도 보지 못했다. 의사에게 대신 사과했고, 의사는 비난도 질문도 없이 고개를 끄덕였다. 불행한 의사는 비국민의 돌발을 혹 이해한 것인가?

　보건소라는 공공 건물. 하얀 진료실. 흰색 가운을 입은 불행한 표정의 남자 의사. 자기 말을 적어 넣는 종잇장. 국민에 가입되지 않았음을 확인하는 질문. 낯설어, 두려운 건가. 두려움과 분노는 어떻게 같고 다른가. 집에 왔더니 지연은 "죽으면 죽었지 이젠 보건소나 병원 같은 덴 절대 안 간다"는 소리 말고는 더 말이 없었고, 소주를 사러 나갔다.

어느 날은 출근하다가 대문 앞에 널브러진 지연을 발견했다. 얇은 끈 원피스가 배 위로 말려 올라간 채 팬티 없는 아랫도리를 벌리고 대자로 뻗어 있었다. 내 눈은 아랫도리로 갔다. 두 갈래의 마른 허벅지가 만나는 가랑이. 거뭇하고 성긴 더럭들 틈으로 보지 겉살이 보였다. 언덕 위로 집들이 예닐곱 채 있어, 본 사람들이 여럿일 거다. 길바닥에 저렇게 널브러지는 사람들을 나는 한편으로 부러워한다. 남의 시선과 상관없이 자신을 놓아버릴 수 있는 건 하나의 경지라는 생각이다. 50대로 보이는 남자 하나가 언덕 위에서 내려오며 지연을 보더니, 지연을 보고 있는 내게로 눈길을 주었다. 순간 나는 시선을 대문 쪽으로 돌렸고, 행인은 지나갔다. 관음하다 들킨 자의 염치인가. 저 여자와 내가 아는 사이라는 것에 대한 회피인가. 보지에 대한 여자들의 흔해빠진 수치심인가. 성기 노출에 관한 고등동물의 학습된 혐오인가.

깨워도 꿈쩍을 안 했다. 혼자서는 집으로 들일 방법이 없었다. 가게도 아직 문을 열지 않았다. 우선 출근 태그를 하고, 홑이불을 가져와 몸을 모로 돌려 덮었다. 노인이 보행 보조기를 챙겨 대문을 나서다가, "걸레 같은 년"이라며 여자 얼굴에 침을 뱉고 지나갔다. 혐오는 내 속에도 있는가. 있다면 여자의 무엇을 혐오하는 것이며, 그 혐오는 정당한가. 노인과 30분 정도를 걷고 체육문화센터 쉼터 의자에 앉았다.

"돈 떨어지니까 어젯밤에 몸 팔러

나갔댔어요. 새벽에 술에 떡이 돼서
들어오면서 먹을 건 안 사 오구 쏘주만
세 병을 들고 오더라구요. 한바탕 싸우다
잠들었는데, 오줌 마려워서 깨보니까 아직도
술 처먹고 있었어요. 오줌 누고 자다가 또
깼는데 없더라구요. 나와봤더니 저렇게
자빠져 있는 거예요. 밤새 문 여는 가게에 또
술 사러 가다 쓰러진 걸 거예요. 어유, 더러운
년…… 아줌마, 이걸루 빵하구 사이다나 좀
사다 줘요."

주머니에서 구겨진 만 원짜리 하나를
꺼내 건넸다.

싸움의 첫째 원인이 여자의 술이라면,
두 번째는 돈이다. 수급비 나오는 날이면
지연은 잠을 안 자고 밤새 통장 입금 문자를
기다린다고 했다. 글씨는 몰라도 그날
새벽이면 그 문자가 온다는 것은 안다. 문자를

받자마자 통장을 들고 근처 새마을금고 24시간 자동입출금기로 달려가 돈을 전부 뽑는다.

"자동으로 빼 가는 새끼들보다 빨리 뽑아야 돼."

휴대폰 요금이나 텔레비전 수신료 등이 밀려 정지되곤 했고, 그걸 핑계로 내게 돈을 빌려달라고 했다. 이 집 돈 관리는 지연이 했고, 노인에게는 커피나 뽑아 먹으라며 천 원짜리나 동전을 쥐여줬다. 외출이 가능해지면서 노인이 자기가 돈을 찾겠다고 우겼지만, 한바탕 입씨름만 하고 물러섰다. 배달 음식으로 불만을 덮었고, 그 김에 술판도 벌어졌다.

여자가 곯아떨어지면 노인은 여자 몸을 뒤져 돈을 빼내곤 했다. 그 만 원도 그렇게 생겼을 거다. 비밀로 해달라는 말도 잊지

않았다. 빵과 사이다를 사다 주며 쉼터에
앉아 있으라 하고 여자에게 갔다. 10시 10분.
여자는 그 자리에 없었다. 대문을 들어서지
않고 노인에게 갔고, 노인은 '그년' 욕을
이었다.

"늙은이들한테 몸 팔러 가끔 종로로도
나가요."

나도 모르지 않는 이야기다. 어느 주말
오후 피카디리 극장 근처를 지나다 지연을
발견하고 반가워했는데, 지연은 "씨발 년"을
뇌까리며 돌아섰고, 그제야 나는 화장한
얼굴과 손가방을 알아챘다. 나중에도
피차 그 이야기를 꺼내지 않았다. 노인이
가끔 "그년 어저께 씹 팔고 왔다"는 말을
낄낄거리며 내게 했고, 나는 "생활비가 모자라
그러겠지요. 아저씨가 욕할 일은 아닌 거
같네요" 정도로 노인 입을 막았다. 어느 날

지연은 자기 입으로 '몸 파는 일' 이야기를 했다. 오후 나절 종로로도 나가고 어느 밤에는 청량리나 삼양동에서 아는 언니들이 하는 찻집에도 나간다고 했다. '찻집'에 대해 내가 더 묻지 않자, 차도 팔고 술도 팔고 재수 좋으면 몸도 파는 곳이라는 설명을 붙였다. 나는 "응, 알아요" 하며 고개를 끄덕였다. 24시간 김밥집 밤샘 알바를 나가기도 했다. 그 일 나가는 날 앞뒤로는 김밥집 이야기를 많이 했다. 자기가 일을 깔끔하게 해준다는 것, 주인 부부가 자기를 믿는다는 것, 노인네랑 먹으라고 이것저것 챙겨준다는 것 등을 반복해서 말하다, 돈 빌려달라는 말로 넘어갔다. 이번에 벌어 와서 갚겠다는 거다. 갚기도 했고, 그냥 넘어가기도 했고, 알바가 펑크 나기도 했다.

퇴근 시간이 가까워지자 지연을 마주할

생각에 심란해졌다. 그 꼴로 나자빠져 있는
자신을 집에 들여놓지 않은 것으로 나를
원망할 거라는 생각도 들었지만, 심란함의
진짜 이유는 다른 데 있었다. 아랫도리를 다
까발려 보인 사람을 어떤 태도와 표정으로
대해야 할지 감이 잡히지 않았다. 일부러
퇴근 시간에 임박해 집으로 향했다. 명수는
들어가기 싫다며 가게 앞 파라솔 아래 앉았다.
술이 좀 깬 채 누워 있던 지연이 나를 보자
일어나 앉으며 말했다.

"구경 한번 잘 했겠네!"

수치심은 고사하고 상대를 향한 경멸.
여자의 아랫도리를 보던 눈길을 행인에게
들켰을 때의 수치감이 떠올랐다. 자기
아랫도리를 놓고 여자는 나를 경멸하고
있다. 나로선 우선 보였다. 구멍을 통해
몰래 훔쳐본 게 아니라, 음란하다고들 하는

부위를, 그 부위를 내벌리고 자빠져 있는
여자를 관찰했다. 여자의 성기는 음란한가.
나는 그렇다 치고, 기왕 노출된 김에 구경한
자를 향한 여자의 역습. 이 경지는 어떤 삶을
경과해야 도달하는가. 빈곤이 유일한 밑천인
사람의 힘인가. 후안무치(厚顏無恥)인가. 바닥을
친 사람의 신경질과 권력 꼭대기에 오른 자의
신경질은 어떻게 비슷하고 어떻게 다른가. 다
빼앗긴 사람이 자괴와 모멸을 분노로 뒤집는
지렛대는 무엇인가.

"무거워서 어떻게 해볼 수가 없어서
홑이불로만 덮었어. 도와줄 사람도 없고."

나는 왜 비굴한 느낌이 드는가. 지연이
말을 돌렸다.

"이 새끼 어디 갔어? 내 옷에서 또 돈을 빼
갔어!"

가게 앞에 있다고 말해주고, 또 벌어질

싸움을 두고 퇴근했다.

5

지연과 나 사이가 점점 예민해지던 어느
날, 지연이 애교까지 부리며 다가왔다. 아니
예민 타령은 나만의 느낌일 수 있다. 여자는
우리 사이를 전혀 염두에 두지 않을 수 있다.
지연의 감정이나 변화 경로를 나로서는
도무지 이해하기 어려웠다.

"언니, 나 병원 약 좀 타다 주면 안 돼?
약국 약은 약발이 안 들어. 언니한테까지
옮길까 봐 걱정도 되고."

독한 여름 감기가 닷새를 넘기고 있었다.
지연보다 늦게 감기가 시작된 노인은 처방전
약을 먹고 나아가는 중이었다. 지연은 술
때문에라도 탈이 많은 편인데 늘 약국 약으로

때워왔다. 뜬금없는 애교를 흘리며 '병원 약' 소리를 하는 건, 내 이름으로 어떻게든 해달라는 거다. 최근 이어지는 아슬아슬한 관계를 싹 삭제한 듯 안면을 뒤집어 달려드는 사람을 어떻게 대해야 하는가. 아니 그 전에, 이 여자는 어떻게 이렇게 헤까닥 뒤집어질 수 있는가? 지연처럼 뒤집어지지는 않았지만 어정쩡한 웃음을 띠며 공모를 수락했고, 이 변덕에 속지 말자는 경계도 했다.

"불법이기는 한데 불법 좀 하지 뭐. 대신 다른 사람들한테는 말하기 없기."

셋 다 좋아했고, 지연은 만 원짜리 하나를 내밀었고, 나는 잠깐 생각하다 마다했다. 병원과 약국을 다녀오니 여자는 보쌈 한 세트와 소주를 펼쳐놓고 환하게 웃었다.

"언니는 이제 우리 식구야, 식구."

노인도 싱글벙글이었다. 겉은 따라

웃었지만 속은 부담스러웠다. '식구'라는 말의 값이 미심쩍었다. 그 말을 여자는 일부러 골랐을까. '식구'라는 말은 혈연 안팎에 걸쳐 지연의 삶을 징그럽게 옭아매왔을 거다. 이제 나를 끌어들이고 있다. 돈을 빌려주기 시작하면서, 아니 밥을 얻어먹기 시작하면서, 이미 엮여가는 느낌이었다. 오늘 내민 돈을 받을 걸 그랬나. 단호하게 돌아설 때를 노려야 한다.

출근 조기에 지연은 내게 대체로 고마워했고, 피차 잘했다. 그러다 요양보호사와 이용자 간 권력관계가 이용자에 유리하다는 것을 눈치챈 듯, 돈 문제나 술 핑계로 내게까지 짜증을 내거나 거친 말을 하기도 했다. 이용자 권력을 남발하며 야금야금 밀고 들어오는 거다. 나는 언제라도 작심이 서면 이 집 드나들기를

그만둬버리겠다는 생각이지만, 노인이
아니라 오히려 여자 때문에 이 집 일을
계속하고 싶어졌고, 여자의 허깨비 권력질을
참아주고 있었다. 법적으론 하등 인정받지
못하는 동거녀지만, 이 집에 계속 오는 한 그
권력을 인정해버리는 게 편하고 옳다. 문제는
어영부영 내가 밀리고 있다는 것이었다.
머릿속이 복잡해졌고, 밀리기만 할 일은
아니라는 생각이 들었다. 두 달이 지나면서는
마지노선도 정하고 반격을 해야겠다는 생각도
들었다.

처음 몇 번은 빌린 돈을 잘 갚았다.
한 달이 넘어가면서부터, 갚지 않고 또
빌려달라는 일이 잦아졌다. 중간중간 조금씩
갚기도 했지만 두 달 반이 넘으면서 총액이
35만 원에 달해버렸다. 돈도 돈이지만, 공짜
돌봄 노동에 돈까지 뜯어내고 있는 그들

꼴이 얄미워지기 시작했다. 때론 적당히
둘러대며 마다하기도 했는데, 그럴 때마다
여자는 노골적으로 신경질을 부렸고, 늘 같이
먹자던 밥 자리에도 부르지 않았다. 노인은
미안해했지만, 여자는 냉랭했고 비웃음을
드러내기도 했다. 사실 오전 9시부터 12시의
근무시간이면 얼마든지 식사 시간을 피할 수
있다. 그 집 식사 시간이 가끔 들쭉날쭉하긴
해도, 대체로는 노인의 약 복용에 맞춰
규칙적으로 유지되고 있었다. 그러다가 주로
여자의 술로 밥시간이 흐트러졌고, 내가 있는
시간에 먹게 되면 대체로 같이 먹자고 했다.
싫다고 해봤자 둘이 우기면 마지못해 끼어
앉곤 했다. 그러다 내 돈 거절에 맞서 여자가
밥으로 패악질을 하는 거다. 여자의 심보를
알지만 세 시간 안에 벌어지는 어떤 꼴도
가능하면 참기로 하고 시작한 일이다. 여자는

밥으로 인한 모멸감을 알 테고, 그걸 무기
삼고 있는 거다. 특히 밥을 내세운 갑질에는
나도 속으로 '비열한 년' '개 같은 년'이라는
욕이 저절로 떠올랐고, 한편 그런 날것의
욕이 떠오르는 스스로가 낯설고 흥미로웠다.
겉으로는 담담한 표정과 말을 연출하며
"20분 후에 오겠다" 하고 대문을 나와 주변을
걸으며 마음을 다스리곤 했다.

　그런데 그날은 아첨까지 떨며 다가오더니,
불법을 공모하고 병원비와 약값까지 내주게
하고는, 밀린 돈 35만 원은 갚을 생각도 없이
보쌈 세트까지 시켜놓고, '식구' 타령을 한
거다. 또 당했구나 싶었다. 돈 갚을 마음이
있기는 한 걸까.

　여자의 소비 습관에 동의할 수는 없지만,
이해가 안 되는 건 아니다. 절약과 성실을
배울 기회도 없었고, 그 쓸모나 결과를 누릴

기회도 없었다. 그러니 '있으면 쓰고 없으면 말고'가 살아가는 방식이고, 남의 것도 할 수 있으면 제 것처럼 끌어다 쓰는 거다. 늘 빼앗기고 살아온 사람으로선 그렇게라도 살아야 하고, 그래야 마땅한 일이다. 하지만 하필 내가 거듭 당하기는 싫다. 바보가 되는 느낌이고, 그 느낌을 들키는 기분이다. 어느 사이엔가 나는 40만 원을 마지노선으로 정해놓고 있었고, 내심 빌려준 돈 받기를 포기하고 있었다. 갚는 돈을 받기는 하되, 늘어나는 합계에 마음을 두고 있었다. 지연은 내 포기를 감 잡고 있었을까. 여자의 고의는 어디까지였을까. 돈 받기를 포기할 수는 있지만, 술수에 말려들어 당하는 사람은 되기 싫었다. 그렇더라도 당장은, 식구 타령까지 하며 축하 기분을 내는 두 사람을 놓고 분위기를 깰 수는 없었다. 지연의 눈은 내

속 싫은 마음과 어쩔 수 없는 수락까지를
들여다보고 있는 걸까.

식구 축하 보쌈 이틀 후 수급비 나오려면
아직 10일도 더 남은 어느 날, 출근하니 둘이
먹던 밥 자리가 치워지는 중이었다. 명수와
내가 나갈 채비를 하는데, 눈도 마주치지 않고
마당으로 설거짓거리를 가져가며 지연이
말했다.

"언니, 5만 원만 빌려줘. 이번 달 돈
나오면 전에 것까지 갚을게. 그러면 40만
원이지?"

이번 달 돈이 나와봤자, 최우선으로
내야 하는 방값과 두 사람 담뱃값만 제해도
남은 돈은 40만 원에서 한참 모자라다. 빤한
거짓말임을 알면서도, 그 김에 40만 원을
채워버리고 차후 절대 불가를 선언해버릴까
싶기도 했다. 그러면 또 밀리는 거고, 한편 이

집과의 끝에 바짝 다가가는 거다. 끝내고 싶지
않았다. 대체 왜 끝내고 싶지 않은가. 40만
원으로 끝을 내기는 할 건가.

끝으로 빠르게 가는 길 말고 시간 끌기를
선택했다. "나도 요즘 힘들다"며 거절했고,
여자가 정면으로 바라보았고, 나도 감정 뺀
시선으로 마주 보았다. 이 여자는 남의 돈을
자기 돈으로 아는 걸까. 돈을 더 빌려주고
싶지 않은 내 마음이 틀려먹은 거라고
확신하는 걸까. 돈에 관한 여자의 생각이
그토록 정의롭고 소신에 찬 것이란 말인가.

"대학 나온 사람이 돈 5만 원이 없어! 식군
줄 알았는데 아니네!"

난데없는 대학 소리에 웃음이 나올
뻔했고, 눌렀다. 이런 대목에서 웃어버리면
그야말로 끝장이다. 아직 끝낼 마음은 없다.
하긴 학력과 돈의 연관은 아주 틀린 생각도

아니다. 한편 지연의 뻔뻔함이 새삼 놀라웠고, 그래서 더 밀리지 말아야 한다고 생각했다. 반격을 작심한 김에 한 걸음 더 나갔다.

"나는 이 집 식구가 아니고 아저씨 돌보러 오는 요양보호사야."

여자 목소리가 커졌다.

"내일부터 오지 마!"

이 소리도 수틀리면 가끔 하던 소리다. 대체로 대꾸 없이 지나갔고, 다음 날 출근하면 어제로 회귀하지 않을 다른 일이 벌어지든가, 느리거나 빠르게 세 시간이 지나갔다. 나는 왜 이 집에 계속 오는가. 열악함과 예측 불가능과 낯선 것에 대한 관찰 욕망인가. 이왕 시작한 싸움에서 끝을 보고 싶은 건가. 뻔뻔스러운 힘에 붙들리는 건가. 그날은 참고 참던 말을 했다.

"지연 씨는 내 출근에 대한 어떤 결정권도

없어. 어르신, 제가 출근하는 거 싫으시면
지금 얘기하세요. 주민센터 사회복지사에게
전화해서 아드님과 의논하게 할게요."

비열했다. 여자랑 잘해보고 싶다가
잘 안 됐고, 잘 안 된 걸 넘어 밀리기
시작했다. 밀리는 거야 첫날부터 예감했던
거지만 모멸감까지 예상하지는 못했다.
결국 모멸감과 신경질 때문에 셋 사이에
그럭저럭 이어지던 법 바깥 관계를 단숨에
깨버리고 제도 속으로 회피한 거다. 쌍욕은
참았지만 여자의 약점을 정확히 골라 찔렀다.
하등의 공적 권리가 없는 여자, 너 따위가
고마워하기는커녕 싸우자고 달려드는 꼴을
더는 참아주지 않겠다며 패악질로 되갚은
거다. 나는 그런 사람이구나.

"이년 말은 들을 필요 없어요. 아줌마,
아니 선생님이 계속 와줘요. 이년은 은혜도

모르는 나쁜 년이에요."

선생님이라니. 노인 입에서 처음 듣는 말이다. 내 어떤 단어에 노인이 주눅 들었을까.

"선생님? 개지랄들을 하고 자빠졌네. 그래, 둘이 붙어먹으면 되겠네!"

무심함을 연출하며 여자를 주시했고, 악쓰기를 멈추지 않은 채 방으로 후퇴하는 지연을 눈으로 좇았고, 고개를 돌려 내 시선과 마주치자 푹 허물어지는 여자의 시선까지 확인했다. 여자가 방문을 닫았다.

보행 보조기를 끌고 앞장서 나가는 노인을 뒤따랐다. 침과 물리치료가 시간을 메워주었다. 퇴근 시간에 딱 맞춰 돌아왔고, 노인은 가게에 앉아 있겠다고 했다. 방에 가니 여자는 술에 취해 누워 있다 말고 엉거주춤 일어나려 했다. 눈길을 주지 않고 태그만 하고 나왔다.

　다음 날 출근하니 둘은 밥을 먹고 있었다.
아직인지 벌써인지 지연은 취해 있었고,
술병 하나가 반 넘게 비어 있었다. 태그를
하고 툇마루에 앉으려는 내게 지연이 방문
밖 이동식 변기를 가리키며 독기를 담아
내뱉었다.

　"여기 똥 치워!"

　"비열하군."

　여자가 알아들을 만한 크기의 소리를
냈는데, 못 알아들었나 보다. 혹은 단어의
의미를 몰랐을까.

　"야 이년아, 똥은 니가 치워!"

　"씨발 새끼야, 아가리 닥쳐!"

　"이런 일은 요양보호사 업무예요."

　무심한 척 변기 서랍을 꺼내 푸세식

변소로 가져갔다. 화장실(化粧室)이 아닌
오로지 변소(便所). 악취, 파리와 구더기들,
거미줄과 거미와 날벌레들. 마당 수돗가에서
변기 서랍을 헹궈 문 앞에 엎어놓았다. 다음
단계도 계획했을까. 여자는 앉은자리에서
양은 쟁반을 뒤엎었다. 소리를 내며 그릇들과
술병이 나뒹굴었고, 바닥이 너저분해졌다.
나는 휴대폰 녹음기를 눌렀다.

"이거 다 치우고 방 청소도 해!"

"이년이 아주 미쳤어."

"당신이 저지른 짓까지 요양보호사가
치울 의무는 없어. 아까처럼 해놓고 당신 술
먹은 거 치워놓으면 아저씨에 대한 일은 내가
할게. 요양보호사 업무 범위는 노인에 관한
것만이야. 그 이상은 부당노동 요구야."

또박또박 발음했고, 비웃음을 노골적으로
담았고, 여자가 못 알아들을 단어도 일부러

골랐고, 술까지 들먹였고, 휴대폰으로 방바닥 사진을 찍었다.

"뭘 찍어, 씨발 년아."

"상황 봐서 박 과장과 양 주임에게 업무 보고를 해야 하거든."

"상황 봐서"라는 구절은 협상 제안이다. 내 마음을 알아먹는다 한들 여자가 타협에 응할 리 없다. 나 역시 그들에게 상황을 알릴 생각은 없다. 대체 어떻게 해야 갖은 차이에도 불구하고 서로 마음을 열고 협상할 수 있을까. 내친김에 마저 나갔다.

"아저씨, 빨래할 것 있으면 내놓으세요. 점심 준비도 요청하시면 미리 해놓고 갈게요."

여자의 영역을 하나하나 짚었다. 출구는 노인이 만들었다.

"아줌마, 나가자구요."

명수가 일어났고 나는 보행 보조기를 방

앞에 가져다 놓았다.

"니넌 담배 피우는 거 내가 다 알아.
과장한테 다 말해버릴 거야!"

순간 웃음이 뇌와 표정을 뚫고 소리로
터져버렸고, 눈은 여자를 응시했다.

"하하하하. 일하면서 담배 피운 적 없어."

명수가 대문을 나섰고 내가 뒤따랐다.

만에 하나 지연 보는 데서 내가 명수의
똥을 치우고 밥과 빨래를 계속하는 상황이
오면 이 집 일을 그만두자는 작심이 섰다.
가장 일상적인 노인 돌봄 노동이 그만둘
이유가 된 거다. 내게 이 집 일은 노동도
돈도 관계도 아니고, 여자와의 힘겨루기가
되어버린 거다. 무엇을 겨루는 건가. 그만둘
작정이 서면 과장에게 둘러댈 핑계는 많다.
돌아오니 방은 치워졌고, 자고 있는 여자 옆에
빈 소주병 두 개가 뒹굴고 있었다.

그날 밤 잠을 설치며 여자와 이틀 연속 이어진 싸움을 복기했다. 욕을 입 밖으로 내뱉지 못하는 나와 수시로 내뱉고 사는 지연. 겉은 다르지만 속은 고스란히 닮았다. 여자에게 밀리고 말려 감정의 소용돌이에 빠져버린 나. 이 소용돌이에서 어떻게 빠져나갈 것인가. 나는 왜 위태로운 경계에 자신을 놓아두고 있는가.

다음 날인 금요일 오전에는 노인의 치매 약을 위해 적십자병원 방문이 예약되어 있었다. 노인과 함께한 병원 행차로 세 시간이 거의 소요되었고, 이후 여자를 만나지 않는 주말 이틀을 보냈고, 월요일부터는 또 그럭저럭 세 시간들이 이어졌다.

그러던 어느 아침, 창신시장 입구 대로변 인도에 지연이 쓰러져 있었다. 많이 취하기는

했지만 대문 앞에 쓰러졌을 때보다는 상태가
나았다. 가릴 건 다 가려져 있고, 눈도 떴다
감았다 했다. 7분 전. 지금 시간을 끌었다간
출근 시간에 늦는다. 여자와는 아직 눈을
마주치지 않았다. 집으로 가 출근 태그부터
하고 지연 이야기를 하니, 밤새 마셔놓고
아침부터 술 사러 간다며 나갔단다. 가서
데리고 올 테니 보행기 끌고 가게 앞에 나와
있으라고 했다.

"일어나요. 집에 가야지."

눈이 마주쳤다. 감정과 시선을 단속하며
무덤덤하게 내려다보았다.

"냅둬! 니년이 뭔 참견이야."

같이 나자빠져 뒹굴면 여자의 마음을
살 수 있을까. 나는 스스로는 절대 길바닥에
나가떨어지지 못하는 여자다. 잠깐 같이
나자빠져 있는 건 쓸데없는 연민임을 여자도

나도 안다. 기껏해야 몸을 만지거나 안는 건데, 그것도 여자는 싫어할 거다. 입장과 처지는 생애를 털어 만들어지는 위치와 경로다. 옆에 쪼그려 앉아 눈을 감았다.

여자의 목소리가 차분해졌다.

"냅두고 가. 내가 알아서 갈 거니까."

30미터 정도 떨어져 여자를 지켜봤다. 더 누워 있다가 꿈지럭거리며 일어나 휘청거리며 집으로 향했다.

6

지연의 변덕은 그대로였고, 그에 따른 내 쪽 대응도 달라졌다 할 게 없었다. 갈등 상승일 땐 퇴근 시간이 임박해 집으로 돌아왔고, 먹는 자리에 끼었다 말았다 했다. 돈은 조금 받았다가 또 빌려줘 45만 원도

넘어버렸고, 더 달라면 더 주게 될 거라는
예감이었다.

9월 초 어느 금요일 퇴근 즈음 집으로
향하는 길에, 노인이 아는 사람을 만나
이야기하느라 시간을 끌었다. 대문을 60여
미터 앞두고 노인에게서 똥 냄새가 났다.
바지 엉덩이 부분이 젖어 있다. 묽은 똥이다.
12시 7분. 그냥 넘겨야 한다. 엉거주춤하게
걸으면서도 노인은 아직 똥 얘기를 안 했다.
말 나오기 전에 벗어나야 한다.

"천천히 오세요. 저는 퇴근 시간이 지나서
먼저 가서 태그 찍고 가야겠네요."

노인을 뒤에 두고 앞장서 대문을 향했다.
늦어지면 그렇게 해왔다. 옆에서 걷다가
노인이 똥 이야기를 하면, 내가 똥에 대해
알았다는 사실을 피할 수 없다. 모르는 척해야
하고, 나중에라도 끝까지 몰랐다고 하면

된다. 근무시간도 지났고, 똥 처리는 지연이 하겠다고 우겨왔고, 한 번의 신경질 때 말고는 줄곧 그녀가 해왔다. 여자는 방에 없었다. 빠르게 태그를 하고 나왔다. 금요일이다. 주말 사이에 없던 일이 될 거다. 노인은 가게가 아닌 집 쪽으로 방향을 잡고 대문 앞 10미터 지점에서 마주 오고 있었다.

"지연 씨는 잠깐 어디 갔나 봐요. 갈게요. 월요일에 봬요."

눈을 맞추지 않고 노인을 지나 빠른 걸음으로 골목을 빠져나와, 지하철 입구를 향해 뛰었다. 내내 뒤돌아보지 않았다. 담배도 밥도 생략하고 지하철 계단을 서둘러 내려갔다. 심장이 두근거렸지만 혼자만 아는 일이다. 종로3가역의 긴 환승 구간을 걷는데 다리가 후들거렸다. 아침을 안 먹었구나. 경복궁역을 나와 담배부터 물었다. 전신에

니코틴이 퍼지는 듯 몸이 나른하다가
휘청했고 두통이 왔다. 2000원짜리 김밥
하나로 배를 채우며 뙤약볕 거리를 걸으면서
똥 생각을 했다.

주말 내내 똥 생각이 자주 떠올랐다.
걸리적거리는 이유를 하나하나 따져봐도
업무상 문제는 없다. 노인요양 일을 하다
보면 똥은 다반사다. 변비로 인해 보름 넘게
창자와 항문 입구에서 썩고 있는 똥을 얇은
비닐장갑을 끼고 파내기도 했다. 그때도
똥보다는 냄새가 문제였다. 최저임금
노동자로서 대가도 없는 추가 근무를 하기
싫었던 건가. 더구나 여자와의 갈등 국면에서
똥 일을. 나야 어쨌든 그들은, 적어도 여자는,
똥이어서 더 화가 났을 거다. 똥에 관해 그들
간에 어떤 시비와 욕들이 오갔든 나는 모르는
채 지나가길 바라며, 월요일 출근길이 유난히

조마조마했다.

　모르고 지나갔다. 주말 사이 노인의 상태가 급격히 나빠져 세 사람 뇌에서 똥은 사라졌다. 지연의 횡설수설하는 설명이 금요일 퇴근 직후가 아닌 그날 저녁에서 시작되는 걸 알아채며 마음을 놓았다.

　"둘 다 한숨 자고 저녁 7시경에 깼는데, 아저씨는 아직 자고 있더라구. 일어나라고 하고 밥을 챙겨 왔는데 아직도 자고 있어. 빨리 일어나라고 난리를 치니까 눈은 겨우 떴는데, 얼굴이 확 찌그러져 있고 말을 못 하는 거야. 우우우우 그러기만 하고 침을 질질 흘렸어. 일으킬려구 해도 너무 무거워져서 할 수가 없는 거야. 가게 언니를 부르러 갔더니 벌써 문 닫고 들어갔어. 낮에 만났을 때 저녁 예배 땜에 일찍 들어갈 거라고 했거든. 안채 아줌마도 없고. 휴대폰도 정지

먹어서 언니한테 연락도 못 하고. 누운 채로
밥을 떠 넣어도, 약을 입에 넣고 물을 떠
넣어도, 삼키질 못하고 다 흘렸어. 뭐 어떡해.
시간 지나면 괜찮겠지 하고 그냥 냅뒀더니,
내내 잠만 자다 한 번씩 깨서는 우우거리구
징징거리구 그러기만 하더라구. 주말 내내
가게에도 안채에도 아무도 없었어. 문간방
할머니가 한번 들여다보더니 얼른 병원에
데려가라고 하구 나가버리는데, 나 혼자
어떻게 병원엘 데리고 가? 언니 오면 알아서
하겠지 하고 그냥 놔뒀어."

　　누워만 있는 노인 옆에서 주말 내내 혼자
밥 먹고 연속극 보고 술 먹고 취해 잤단다.
노인의 상태는 지연 말보다 훨씬 심각했다.
딱 봐도 뇌졸중이다. 응급조치 골든타임
세 시간을 너무 많이 넘겨버렸고, 세 번째
뇌졸중이니 이전으로 돌아갈 가능성은 거의

없다. 둘이 부축해 일으켜 벽에 기대앉혀도
자꾸 오른쪽으로 쓰러졌다. 박 과장에게
전화했다. 요양센터 소유의 휠체어 장애인용
봉고 차량을 타고 박 과장과 남자 직원이
왔다. 조금 후 양 주임도 승용차로 왔다.
노인을 휠체어에 앉혔고, 휠체어에 딸린
안전벨트로는 불안해 굵은 벨트를 더 가져다
휠체어에 몸을 단단히 묶었다. 차량에 설치된
리프트로 노인을 봉고 차 뒤 칸에 싣고
쇠줄로 휠체어를 고정했고, 쇠줄을 더 가져다
되는대로 더 엮었다. 꽁꽁 묶인 거구의 노인은
놀란 눈을 희번득거리며 오줌을 쌌고, 흥건한
눈물과 허연 침 거품 사이로 짐승 소리를
냈다.

　"우어······ 워······ 으으어······."

　여자는 노인의 눈을 따라가며 소리를
따라 내다가, "어디로 실어 가는 거냐"며 악을

쓰다가, 땅바닥에 주저앉아 넋을 놓고 하늘을 올려다봤다. 내가 마주 앉으며 다가가자, 몸을 뒤로 빼며 물기가 가득 찬 눈을 내게 향하며 낮게 웅얼거렸다.

"죽여버릴 거야……."

"죽어버릴 거야……"였나. 두 문장 중 하나인 건 분명한데, 어느 문장이었는지 모르겠다. 가득 찼던 물과 그 속 찬란했던 독기로 가늠해보려 해도, 문장이든 의미든 행위든 둘 다 충분히 마땅해서 내내 구분이 불가능하다.

아저씨가 다시 중풍으로 쓰러진 거고, 지금 병원으로 가는 것이고, 연락할 테니 휴대폰을 잘 가지고 있으라고 했다. 지연의 휴대폰은 수신은 되고 있었다. 장애인 차량은 남자 직원이 운전해 먼저 출발했다. 나는 양 주임 차 뒷좌석에 앉아 앞에 앉은 두 여자의 대화를 들으며, 가능하면 끼어들지 않았다. 서울적십자병원 입원이 이미 결정되어 있었고, 주임이 병원에 전화해 예상 도착 시간을 알린 후, 둘은 요양원 입소를 의논했다. 과장이 햇빛요양센터 부설 구립요양원에 자리가 있다고 했고, 주임이 다행이라고 했다. 주임이 노인 아들에게 전화해 상황을 설명했다. 통화를 끊은 후, 아들이 병원 입원과 요양원 입소에 동의했고, 점심시간에 병원에 잠깐 들러 서류에 서명하기로 했다고 전했다.

한 번은 정확하게 말해야 한다는 생각이 들었다.

"어르신이 요양원에 들어가면 지연 씨는 자살할 수도 있어요."

잠깐 조용했고, 과장이 뒤를 돌아보지 않고 받았다.

"다른 방법이 없잖아요."

"제 생각에는 할 수 있는 재활 치료만 마치면, 지연 씨랑 같이 그 동네에서 사는 게 어르신에게도 가장 나을 것 같아요. 괜찮다면 퇴원 후 제가 계속 맡을게요."

"그 여자랑은 이번 기회에 떨어지는 게 어르신을 위해 훨씬 나아요."

주임이 말했고, 아무도 그 얘기는 더 하지 않았다.

요양 대상자가 병원에 입원하면 요양 업무는 중지된다. 입원 수속을 마치고 병실로 옮기자, 박 과장은 내게 노인 집에 들러 퇴근 체크를 하고 R.F.I.D. 기기를 떼어 센터에 갖다 놓고 퇴근하라고 했다. 오전 11시 20분. 그제야 지연 생각이 났다. 전화 속 여자는 심하게 취해 있어 대화가 불가능했다. 곧 집으로 가겠다 하고 끊었다. 노인에게 작별

인사를 했다. 이제 못 볼 것 같다고…….
말을 알아들었나. 노인은 얼굴을 온통
우그러트리더니 웅웅 소리를 내며 울었다.
화장지로 눈곱을 닦아주며 지연 씨에게
가보겠다고 말했다. 꼼짝 못 하는 거대한
몸체의 얼굴에서 계속 새어 나오는 눈물과
침과 콧물. 말이 되지 못한 소리. 지린내와
구린내. 병실 문을 나서다 돌아보니 노인이
나를 보고 있었다. 병원을 나와 택시를 탔다.

　　지연은 취한 채 넋이 나가 있었다. 병원에
같이 가보자고 해도 말이 없었다. 며칠 후
퇴원하면 요양원에 들어갈 거라고 했다.
이글거리는 눈으로 나를 쏘아봤다. 내일부터
오지 않는다고, 전화는 하겠다고 했다.

　　"니년도 똑같아……."

　　눈을 감고 고스란히 들었다. 지연이
담배를 물어 불을 붙였고, 나도 가방에서

담배를 꺼내 피웠다. 여자가 잠드는 걸
보고, 명수가 들어갈 요양원 이름과 주소와
전화번호를 종이에 적어 벽에 붙여놓고
나왔다. 명수 '똘마니'들이 집에 올 테고, 만에
하나 지연이 그들과 함께 요양원을 찾아가
난리를 쳐서 노인을 빼 올 수도 있다. 노인
정도의 인지력이면 의사 결정권을 인정해야
한다. 인정받지 못하더라도, 구립요양원이니
민원으로 시끄러워지는 걸 가장 무서워한다.
그러면 내쳐버릴 수 있다.

　　떼어낸 기기를 가방에 넣고 여자 집을
나와 콩나물밥을 먹는데 문자 알림이
울렸다. '귀하의 근로계약이 9월 6일 오늘
종료되었음을 알립니다. [햇빛재가요양센터].'
센터에 들러 과장과 간략한 계약 해지 처리를
했다. 일주일 내에 임금이 입금될 거라는
과장의 말을 뒤로하고 나왔다.

이후 사흘간 하루 한 차례씩 지연에게 전화했고, 받지 않거나 받아도 대화가 어려웠다. 메모장을 봤는지 물었지만 답을 들을 수 없었다. 같이 아저씨에게 가보자는 말에 악을 쓰며 싫다고 했다. 어느 통화에서는 오랜만이라고 했고, 어느 통화에서는 이젠 전화질 그만하라고 했다.

나흘째부터는 신호는 가는데 받지 않았다. 이틀을 더 지나고 찾아갔다. 지연은 없고 메모장도 없었다. 안채 여자가 나오더니 사흘 전 집을 나가 돌아오지 않았다고 했다.

"집 나가기 전날 아저씨 아들이 와서 9월 말까지 월세랑 뭐랑 다 제하구 남은 보증금 40만 원을 받아 갔어. 색시한테는 말일까지 방을 비우라고 하더라구. 웬일로 가만히 듣고만 있더라구. 다음 날 아침 작은 캐리어 하나를 끌고 나가는 걸 봤어. 긴가민가했지만 물어보진 않았어. 근데 밤늦도록 오는 기척이 없더라구. 다음 날 아침 가보니 방문이 빼꼼 열렸더라구. 불러두 인기척이 없어 열었는데, 아유, 부엌칼이랑 쥐약 껍데기에 소주병하구 악취 나는 뿌연 물 같은 게 널려 있구, 쥐 두 마리가 나자빠져 있는 거야. 근데 문 앞에 있던 한 마리는 새까만 눈으로 나를 보면서 아직 숨을 깔딱거리고 있어 글쎄. 아이구, 얼마나 놀랬는지. 마침 아랫방 남자가 출근하려구 나왔길래 좀 죽여달랬더니, 질색을 하면서 그냥 가버려. 할머니는 새벽에 장사 보따리 들고 나가고 없고. 별수 없이 내가 죽일려구 저쪽 마당 구석에서 삽을 들고 왔더니, 그새 어디로 가버렸는지 아무리 찾아도 없는 거야. 색시가 쥐약을 먹진 않았을 거야. 술만 좀 취했지 멀쩡했어. 며칠 더 기다려보다 짐이랑 뭐랑 싹 다 버릴려구."

휴대폰에서는 '없는 번호'라는 기계음이 흘러나왔다. 노인 명의의 휴대폰이었다. 안채 여자와 휴대폰 번호를 주고받으며, 누구든 소식을 들으면 연락하기로 했다. 일주일 정도 요양원 이름으로 자주 뉴스 검색을 했고, 허사였다. 9월 말 과장이 전화해 종로구 이화동에 오전 일자리가 생겼는데 하겠냐고 했다. 햇빛요양센터와의 관계를 이어놓기 위해 성질이 유난하다는 그 할머니를 맡았다. 10월 중순 요양원으로 노인을 찾아갔는데, 치매가 빠르게 진행되어 나를 알아보지 못했다. 10월 28일 노인이 사망했다고 박 과장이 알려왔다. 안채 여자에게 연락했더니, 지연 소식은 전혀 없고 방에는 베트남 여자 둘을 들였단다. 노인의 장례식장에 가봤지만, 여자도 여자 소식도 없었다.

죽을 작정을 뒤집어 캐리어 하나를 끌고 낯선 세상으로 걸어 들어온 여자를 나는 찾고 있다. 어딘가에 숨어 이쪽을 노려보면서, 눈이 마주치기를 기다리고 있을 거다. "뭘 봐?" 곧 이어질 그녀의 질문에 이번에는 어떤 답을 할지, 내 속을 계속 뒤지고 있다.

작가의 말

　　빈곤 판에서 자괴와 자기 멸시에 빠지지
않고 당당하게 자기주장과 행동을 하는
사람을 만나면 우선 반갑고 호기심이 돋는다.
생애 중간에 빈곤으로 추락한 경우가 아닌
평생 '밑바닥' 삶을 살아야 했던 사람이
당당하다면, 반가움과 호기심은 훨씬 커진다.
'게으름'이니 '팔자'니 하는 말로 빈곤을
개인의 책임으로 떠넘기는 국가와 사회
그리고 빈곤 당사자들의 말과 태도들 속에서,
저 사람은 어떻게 자신의 목소리와 힘을

견지할 수 있었는지 세세한 생애 내력을
알고 싶어 어떻게든 상대의 마음을 사보려고
노력한다. 여성이라면 더욱 그렇다. 돈이나
배움 여부 이전에 성별 권력조차 평생 누려본
적 없었을 테니 말이다.

　　한편 당당한 빈자들에 대한 반가움의
한계는 빤하고 졸렬하다. 내게 문제가 되지
않아야 하는 것이다. 당당함을 넘어 다소
과잉이 있더라도 내게 문제만 안 되면
"적당한 과잉이야 사람이면 누구나 다
그렇지……" 하며 이해도 하고 편도 들게
되는데, 내게 문제로 닥쳐오면 반가움은
금세 불편함과 거부감으로 바뀐다. 너무
말이 많아 다른 사람은 물론 내 말이 끼어들
틈이 없거나 과잉에 오류까지 섞어 나를
비난하다 급기야 쌍욕까지 내지를라치면,

나는 교양이니 사회성 타령에 숨어 그를
피하려 하거나, 논리를 내세워 적극적인
대응도 해보고, 나도 한 성질 하는지라 때론
입 속으로 쌍욕을 되갚아주는 연습도 한다.
내가 요즘 연습하고 있는 욕은, 나와 친했다
멀어졌다 하는 여성 홈리스가 툭하면 내게
내지른 "씨발 년"이다. 그녀를 향한 발설은
아직 못 해봤는데, 욕을 못 한 게 그녀나 나
혹은 피차의 사이를 위해 잘한 건지 아닌지는
판난을 못 하고 있다. 이럴 경우 상대에
대한 궁금증에 더해 이제 내 소갈머리에
대한 궁금증까지 겹쳐버리니, 이것저것을
노려보며 가늠과 질문들을 해대느라 신경질은
저절로 잦아든다. 호기심이 원죄다. 단절할
것이 아니라면 관계의 질적 변화를 시도할
기회다. 그녀의 나와바리[세력권]로 푹
들어가기 위해서라도 기회를 노려 쌍욕을

내질러버려야겠다. 물론 도망칠 경로는 만들어놓고. 적당한 거리 두기를 해야 감정과 이성 사이를 오락가락하며 겪고 느끼고 관찰하며 기록하기를 하염없이 반복할 수 있다. 기록에 대한 내 집착은 홈리스 판에 와서 더 심해졌는데, 알고 보니 어떤 여성 홈리스들의 수집증을 고스란히 닮았다. 빈곤 판에서야말로 사회적 위치니 교양 나부랭이 때문에 덮어두고 절대 꺼내지 않는 내 속 혐오와 역겨워함 등이 적나라하게 드러난다. 평소에는 없는 줄 알거나 없는 척한다. 빈곤 판으로 들어갈수록 시선의 결이 세세해지고 그래서 내 속 지옥도 더 확인한다.

시선은 권력관계를 드러내고, 혹 뒤집고 쟁투하며, 혹 만난다. 깊은 만남은 상처의 뒤섞임이며, 피차의 속과 밑바닥을 드러내고 벌리며 서로에게 침입하는 일이다. 겨우 앉은 딱지를 구태여 뜯어내고, 상처를 찢고 벌려 피를 흘리며, 서로의 상처와 피를 섞어야 한다. 스스로 발가벗는 사람은 타인의 시선을 냉정하게 관찰하며, 간곡하게 묻는다. 《창신동 여자》는 실패한 연애에 관한 이야기다. 실패의 조짐은 지연의 시선에 대한 정희의 조바심에서 예고된다. 온갖 지경(地境)들을 겪어 막장의 경지(境地)에 닿은 지연은, 상처를 벌려 보이며 정희에게 내내 물었나.

"뭘 봐?"

정희는 내내 답을 못 했고, 아직도 답을 못 찾았다. 지연은 어떤 답을 원할까. 답을 바라기나 하는 걸까.

2023년 가을
최현숙

- 29

창신동 여자

초판 1쇄 인쇄 2023년 8월 25일
초판 1쇄 발행 2023년 9월 13일

지은이 최현숙
펴낸이 이승현

출판2 본부장 박태근
스토리 독자 팀장 김소연
편집 강소영 곽선희 김해지 이은정 조은혜
디자인 이세호

펴낸곳 ㈜위즈덤하우스 **출판등록** 2000년 5월 23일 제13-1071호
주소 서울특별시 마포구 양화로 19 합정오피스빌딩 17층
전화 02) 2179-5600 **홈페이지** www.wisdomhouse.co.kr

ⓒ 최현숙, 2023

ISBN 979-11-6812-730-2 04810
      979-11-6812-700-5 (세트)

값 13,000원